솔잎장수

이 책은 저작권법에 따라 보호받는 저작물입니다. 무단 전재와 무단 복제를 금합니다.
이 책 내용의 일부 또는 전체를 이용하려면 반드시 저작권자와 출판권자의 동의를 얻어야 합니다.
잘못된 책은 구입하신 곳에서 바꿔 드립니다.

솔잎장수

초판 1쇄 인쇄 2025년 7월 10일
초판 1쇄 발행 2025년 7월 15일
지은이 정승박
옮긴이 변미양
펴낸이 소재두
편 집 소상호
펴낸곳 논형
출판등록 2003년 3월 5일
주 소 경기도 부천시 성주로 66, 2-806
전자우편 jdso6313@naver.com
전화번호 02-887-3561
팩 스 02-887-6900
정 가 16,000원

솔잎장수

정승박 소설 변미양 옮김

목차

솔잎장수　7

역자후기　221

정승박 연보　227

1

바람 부는 날의 산은 떠들썩하다. 나뭇가지 흔들리는 소리에 나뭇잎이 떨어져 날리는 소리까지 더해져 사뭇 소란스럽다. 귀를 막아버리고 싶다는 충동을 느끼면서 험한 산길을 올랐다. 중턱에 있는 바위는 한숨을 돌리는 쉼터이다. 바위 옆에 지게를 세워두고 기대앉아 산 아래 동네를 내려다보고 있으면 기분이 들뜨곤 한다. 집집마다 지붕에 널린 새빨간 고추의 붉은 빛이 짙어지고 있다. 강가에 늘어선 포플러 나무도 물들기 시작했다. 며칠 전까지 논밭에 그득했던 농작물들은 어느새 남김없이 베어져 빈자리만 남았다. 동네 사람들의 걸음걸이도 한가롭게 보였다.

'추수가 끝났으니 서둘러 할 일도 없겠지, 부럽네.'
나는 솔잎장수, 순덕이다. 여름에도 겨울에도 솔잎이나 마른 나뭇가지를 짊어지고 읍내로 팔러 다니는 게 나의 일이다. 특히 가을철은 더할 나위 없이 바쁘다. 눈이 오기 전에 겨울 동안 팔 것들을 잘 모아 놔야 한다.

가까운 산등성이에서는 노루 떼가 놀고 있었다. 올해 태어난 새끼 노루도 껑충껑충 뛰어다니는 게 보였다. 노루 떼를 만난 날은 언제나 운이 좋았다. 오늘도 왠지 운이 따를 것 같다. 서둘러 산비탈을 올라갔다. 예상대로 어젯밤 바람에 떨어진 노란 솔잎들이 수북이 쌓여 있었다. 정신없이 솔잎들을 마구 긁어모았다. 시간 가는 줄 모르고 일을 하다 보니 어느새 태양이 정수리 위로 높이 떠올랐다. 동네에서는 점심 준비가 한창인 모양이다. 이집 저집 부뚜막에 불을 지피는지 굴뚝마다 연기가 모락모락 피어올랐다.

한숨 돌리며 땀을 닦고 있을 무렵이었다. 불현듯 연달아 총소리가 몇 차례 울렸다. 엄청난 굉음이 사방에 울려 퍼지고 메아리쳐 귀청이 찢어질 것만 같았다. 혼비백산해 소나무 밭을 빠져나와 동네를 둘러보았다. 총소리는 멎어 조용해졌지만 누가 쏜 건지는 알 수가 없었다. 우왕좌왕하며 도망치거나 숨느라 허둥대는 동네 사람들뿐이었다. 졸지에 닥친 일이라 머리가 멍했다. 정신을 가다듬고 보니 그리 대단한 일은 벌어지지 않았다. 틀림없이 사냥하러 온 일본인이 쏜 총소리였을 것이다.

그렇다고 쳐도 이상했다.

'들새나 산짐승들은 어디에도 있는데 굳이 3리나 되는 산길을 걸어 깊은 산속까지 들어온 이유가 뭘까?'

언젠가 솔잎을 팔러 가는 도중 읍내 뒷산에서 사냥을 하는 일본인을 몇 번 본 적이 있기는 했다. 멀리서나마 그들이 쏜 총소리도 들었다.

'여기까지 찾아올 줄이야.'

생각해 본 적도 없는 일이다. 불길한 예감이 들었다.

이곳은 동네라 해도 초가집 열네다섯 채만 드문드문 있는 벽촌이다. 한일합방 이후 각지에서 흘러들어 온 사람들이 자리를 잡고 살게 되면서 작은 마을이 생겼다고 한다. 20여 년 전 일이다.

'이곳에서 총소리가 난 건 처음 아닐까?'

동네 사람들은 마을을 관통한 불길한 총성에 다들 넋이 빠져 있을 것이다. 피어오르던 굴뚝 연기들도 그새 자취를 감춰 버렸다.

동네의 개들이 일제히 짖어대기 시작했다. 짖어대는 방향으로 내려다보니 낯선 이들이 보였다. 강 아래 산기슭을 따라 기다란 일본 칼을 찬 경관 몇이 앞장 서 걷고 있었다. 그들 뒤로는 양복 차림의 사내들이 한 줄로 무리를 지어 올라오고 있었다. 빠른 발걸음으로 마을의 중심인 삼거리쯤 이르렀을 때 몇 조로 나뉘어 흩어졌다. 무리들은 일사불란하게 민가에 쳐들어갔다. 숨이 멎는 듯했다.

솔잎장수 9

밀주제조자를 적발하러 온 것 같았다. 소문으로는 들었지만 눈앞에서 보는 건 처음이었다. 그들은 집 안에 있던 막걸리가 든 항아리를 들고 나와 마당에 던지며 박살을 내기 시작했다. 가을이면 집집마다 술을 담근다. 넉넉한 집이든 가난한 집이든 추수한 햇곡식으로 막걸리를 빚어 오고 있다. 막걸리는 오래전부터 집에서 담가됐다가 제사 때 올리거나 노동 후 한 잔 들이키며 피로를 풀곤 하는 전통주이다. 술 제조에 대해 금지령이 내려진 것은 알지만 현금이 없는 마을 사람들은 돈을 주고 사서 마실 형편이 못 된다. 일본인으로만 뭉쳐진 관리들이 그 속사정을 알 리가 없겠지만. 이런 산골 벽촌까지 수색하러 올 줄은 생각지도 못한 일이었다.

어디로 숨었는지 동네 사람은 코빼기도 안 보였다. 수색대의 난폭함은 더욱 격렬해졌다. 이불이며 옷가지마저 꺼내다가 마당에 내동댕이치고 장난치는 아이들처럼 부엌에서 살림살이를 들고 나와 울타리 밖으로 내던져 버리는 자도 있었다. 무슨 짓을 당해도 결코 항의할 수가 없었다. 관리한테 반항했다가는 어떤 꼴을 당할지 잘 알고 있으니까. 오늘도 그 마음가짐만은 다들 지키고 있었다.

보고만 있어도 골치가 아파왔다. 사람들에게는 미안하지만 나와는 아무런 관계가 없는 일이다. 쓸데없이 나서서 굴욕을 당할 필요는 없으니까. 만약 그들 눈에 띄어 얼굴이라도 알려지면 곤란해질 뿐이다. 솔잎을 팔러 나는 온 동네를 돌아다녀야 한다. 괜히 불순한 조선인으로 지목되면 장사하기도 어려워질 것이다. 관리들이 많이 살고 있는 언덕 위 일본인 주택가에도 단골이 있는 것을 생각하니 등골이 서늘해졌다.

가급적 그들의 얼굴을 많이 기억해 두면 유용하다. 관리인 줄 모르고 무심코 말을 뱉었다가 끌려간 사람들도 많았으니까. 그들이 좀 더 잘 보이는 곳을 찾아 발길을 옮겼다. 그때였다. 낯선 인상의 사내 세 명이 우리 집에 들이닥치려 했다. 우리 집은 동네 쪽에서는 보이지 않는 외진 곳에 덩그러니 있다. 내려앉은 지붕 때문에 집이라기보다 거지 움막에 가까웠다. 그 누추한 집을 향해 꼬부랑 돌길에 발이 채여 넘어질 뻔하면서 벼랑을 기어올라갔다. 더 이상 숨어 있을 수만은 없었다. 수풀을 헤쳐 달려갔다. 정신없이 달렸다.

우리 집도 다른 집들과 별다르지 않았다. 할아버지도 아버지도 술을 마신다. 마침 할아버지 생신이 다가와 그날에 맞춰 술을 담갔다고 어머니가 하던 말이 머리를 스쳤다. 경사진 비탈은 미끄럼을 타며 재빨리 내려갔다. 집에 도착하니 할아버지와 아버지는 마당에서 멍석을 짜고 있었다. 어머니는 겁먹은 얼굴로 집을 향해 다가오는 수색원들을 지켜보고 있었다.

"어머니, 술 단지 어디 있어요?"

"꽁꽁 숨겨 놨다."

"어디에?"

"그거야, 솔잎 밑에."

"그런 데로는 어림도 없어요!"

급한 마음에 소리치면서 산더미처럼 쌓아둔 솔잎 밑에서 술 단지를 꺼내 번쩍 안아 들었다. 꽤 무거웠다. 그 길로 뒷산 숲을 향해 도망쳤다.

밀주를 적발하러 오는 관리들은 멀리서도 술 냄새를 알아차린다고 한다. 될 수 있는 한 멀리 도망가는 게 안전했다. 나뭇가지에 얼굴을 긁히면서 산을 탔다. 발효 중인 술이 단지에서 흘러넘쳐 옷자락이며 소매를 적셨다. 그렇게 겨우 중턱 어귀까지 올랐다. 술 단지를 감싸 안은 채 소나무 아래 주저앉으니 온몸에서 땀이 쏟아져 내렸다. 크게 숨을 내쉬며 뒤를 돌아봤다. 숲 사이로 우리 집 마당이 보였다. 수색이 시작되고 있었다. 사내들은 집 안에서 온갖 물건들을 꺼내들고 나왔다.

"백번이라도 찾아보시지, 술 단지는 여기 있으니까."

나는 혼잣말을 하며 나무에 기대 집을 지켜보고 있었다.

잠시 후 무슨 죄목인지 그들은 아버지의 두 손을 뒤로 포박해 끌고 가려 했다. 발에 차여 땅바닥으로 내동댕이쳐진 어머니는 땅을 치며 울부짖었다. 도대체 무슨 일이 벌어진 건지 알 수가 없었다.

'이것 말고도 막걸리가 더 있었던 걸까? 아니면 성미 급한 아버지가 제복을 입지 않은 수색원이 관리인 줄도 모르고 욕이라도 퍼부은 걸까?'

애써 무거운 술 단지를 끌어안고 산중턱까지 도망쳐온 고생이 수포로 돌아갔다고 생각하니 맥이 빠졌다.

자세히 보니 다른 집 가장들도 대부분 끌려가고 있었다. 아버지도 그 중 한 사람이었다. 처음 총소리가 들렸을 때는 산짐승을 사냥하러 온 줄로만 생각했는데 알고 보니 사람 사냥이었다. 무거운 단지를 다시 안고 집으로 돌아갔다.

"어머니, 아버지는 도대체 뭐가 걸렸어요?"

"담배. 담배를 피워도 위반이라고 하더구나. 공기 마시는 사람은 안 잡아 가냐고 따졌다."

생각해보니 해마다 밭 한 귀퉁이에 담배를 대여섯 대쯤 심어서 할아버지, 아버지가 피우고 있었다. 제멋대로 담배를 심으면 전매법이란 것에 걸린다는 말을 듣기는 했지만 이 정도까지도 죄가 될 줄은 몰랐다.

악몽 같은 하루가 저물고 집집마다 불이 켜졌다. 동네 사람들은 모여 뭔가 의논을 하고 있을 것이다. 상황 돌아가는 걸 지켜보는 수밖에 없다고 생각하며 잠이 들었다.

　새벽 무렵 마당에 나가니 맑은 늦가을 하늘에 별 몇 개가 반짝이고 있었다. 일찌감치 나와 옆에서 잔소리하던 아버지가 없다. 할아버지, 할머니, 아버지, 어머니, 어린 남동생과 여동생, 이렇게 식구가 일곱인데 아버지가 붙잡혀 갔으니 밥벌이였던 멍석 짜는 일도 어렵게 됐다. 이제 돈을 벌 수 있는 사람은 나뿐이다. 그 돈벌이의 중요한 밑천인 솔잎이 어제 다녀간 수색원들의 발에 차여 온 마당에 흩어져 있었다. 그까짓 솔잎이라 할지 몰라도 더러워 보이는 건 팔리지 않는다. 옆에 쓸어 모아 두었던 지푸라기며 쓰레기가 솔잎과 죄다 섞여 있었다. 그것을 하나하나 골라내는 것은 쉬운 일이 아니다.
　읍내까지는 삼리나 돼서 해가 뜨자마자 곧바로 출발해야 했다. 솔잎을 실은 지게를 짊어지고 동구 밖까지 나왔다. 숲 저편에서 누군가 나를 부르는 소리가 들렸다.
　"순덕아, 순덕아."
　작은 목소리로 몇 번이나 부르고 있었다. 남들이 나의 이름을 불러 주는 일은 거의 없다. 솔잎이나 장작을 팔러 다니는 사람은 어디를 가나 천대를 당했다. 한 동네에 사는 사람들은 자기들까지 체면이 구겨지는 게 싫었는지 언제부터인가 '지게쟁이, 지게쟁이'라고 불러댔다.

갑자기 내 이름이 들려 흠칫 놀라 멈춰 섰다. 숲에서 나온 사람은 둘이었다. 서당에서 천자문을 같이 배우던 또래들이었다. 보따리를 하나씩 들고 있었다. 농사지을 때 부릴 소가 있고 논밭을 몇 마지기나 가지고 있다고 자랑하던 그들의 태도가 사뭇 달랐다. 아버지들이 끌려가 밤새 한탄했는지 제대로 잠을 못 잔 눈을 슴벅거리며 말을 걸어왔다.

"저기 있잖아, 우리 아버지가 옷을 얇게 입은 채 끌려가 버렸어. 이거 갈아입을 옷인데 전해 줄 수 있을까?"

품에 안고 있던 보따리를 내 앞으로 내밀었다. 어이가 없었다. 이들은 나와 같이 열다섯 동갑이다. 밤새 한 고민이 고작 소중한 아버지를 위해 남에게 대신 옷을 넣어 달라는 건가 싶어 정나미가 뚝 떨어졌다.

"싫어. 너희들이 직접 가져다 드려. 나 이제 남의 심부름 따위는 안 하기로 했어. 물건 사다 달라고 부탁해서 사다 줘도 나중엔 심부름 값 받았다는 소리나 들으니 치사하고."

"에이, 그러지 말고. 부탁 좀 하자. 우리는 경찰서가 어디 있는지도 몰라. 더군다나 거기는 일본말 모르면 안 통하잖아."

"가보면 알아. 조선인 순사도 많이 있어. 매일 그 앞을 지나가니까 따라와 보든가."

그러고는 앞장서 걸으니 그제야 결심을 했는지 그들은 묵묵히 따라왔다. 우리는 침묵으로 일관하며 읍내에 도착했다. 경북 안동군 안동읍, 인구는 십 만 명이 채 안 되지만 마침 장이 서는 날이라 길목마다 각지에서 물건 팔러 모여든 장사꾼들과 장보러 온 사람들로 시끌벅적했다.

경찰서 앞에 다다랐다. 아버지도 이곳에 갇혀 있다고 생각하니 그냥 지나칠 수가 없었다. 이참에 물건을 차입하는 방법도 알아둘 필요가 있었다. 솔잎을 짊어지고 온 지게를 등에서 내려 입구에 쳐진 울타리에 세워 놨다. 일본인이라는 말만 들어도 겁을 먹는 둘을 데리고 경찰서 문을 여니 제복 차림의 순사들이 여럿 앉아 있었다. 모두들 비슷한 표정에 같은 복장이라 일본인 순사와 조선인 순사를 구별하기가 어려웠다. 외워두었던 서툰 일본말 몇 마디를 떠올리며 가장 가까운 데 앉아 있는 순사에게 말을 걸어 봤다.

"와타시타치와 오토상노 후쿠오 사시이레니 기마시타. 와타시테 구다사이."

ワタシタチハ、オトウサンノフクヲ、サシイレニキマシタ。ワタシテクダアイ。

(저희는 아버지께 옷을 가져다 드리러 왔어요. 전해주세요.)

그러자 고개를 갸우뚱거리며 의아한 표정을 짓더니 주소와 이름을 물었다. 몇 번이나 말해도 좀처럼 말이 통하지 않았다. 재빨리 수첩을 꺼냈다. 늘 일본인에게 하던 대로 알고 있는 한자를 써서 내밀어 보이자 순사는 갑자기 눈을 부릅뜨면서 흘겨보았다.

"이 촌놈들! 당장 나가!"

그가 다짜고짜 소리를 질렀다. 순사 고함소리 듣는 거야 다반사지만 이유도 들어보려 하지 않고 당장 주먹을 휘두를 기세였다. 뒤에 서 있던 둘은 성내는 소리에 말뜻도 모르면서 얼굴이 시퍼렇게 질려 있었다. 그때였다. 빗자루를 든 허드레 일꾼이 들어왔다.

"차입은 읍내의 대서인이나 경찰서에 안면이 있는 사람한테 부탁해서 수속을 밟아야 해."

조선말이었다. 아무것도 모르는 어린아이를 타이르는 말투였다.

2

　아버지에게 차입 하나 넣는 것도 간단한 일이 아니었다. 경찰에 줄이 닿는 사람이나 읍내의 대서인한테 부탁하라고 했지만 그렇게 하려면 비용이 든다. 가난한 시골 사람에게는 구름 잡는 이야기나 마찬가지였다. 셋이 함께 경찰서에서 나왔지만 나는 솔잎을 팔러 가야 했다. 그들과 헤어진 후 곧바로 시장으로 향했다.
　가을 장터는 여느 날과 다르게 혼잡스럽다. 장터를 떠돌아다니는 장사꾼들과 갓 거둬들인 농작물을 팔러 나온 사람들로 번잡하다. 복작거리는 곳에서 좀 떨어진 곳은 솔잎이나 땔감을 파는 장사꾼들이 널찍하게 자리 잡는 장소인데 오늘은 다른 상인들이 먼저 판을 깔아놓는 바람에 모퉁이에 간신히 자리를 잡고 있었다. 하루가 멀다 하고 만나는 얼굴들이 보였다. 오늘도 동업자들은 열심히 손님을 불러 모으고 있었다.

"사모님, 한번 보고 가세요. 솔잎 좋죠?"

"할머니, 잘 마른 땔감예요."

"싸게 드릴 테니, 이참에 들여가세요."

보통 때라면 나도 그 누구 못지않게 큰 소리로 손님 부르는 것에 여념이 없겠지만 그럴 기분이 아니었다. 들이닥친 수색원의 기습으로 집집마다 가장들이 거의 연행되어 온 동네가 슬픔에 잠겨버렸다. 읍내에서는 이 일에 대해 아무런 관심도 없었다. 여느 때보다 활기를 띠고 있는 시장을 보니 오히려 속이 부글거렸다. 붐비는 장터를 멍하게 바라보다 이전에 친하게 지냈던 동업자 한 명이 떠올랐다. 그는 나와 같이 솔잎 장사를 했던 사내다. 지금은 일식집에서 일하고 있는데 얼마 전 우연히 근처 길가에서 만났었다. 그때 그가 자랑했던 말이 또렷이 기억났다.

"주인도 일본 사람이고 손님들도 일본 사람 천지라 나는 지금 일본 사람 속에 파묻혀 살고 있는 거나 마찬가지야."

뽐내는 듯 말을 했었다. 고위 경관은 물론 조선의 고급 관리 자리는 다 일본인이 차지하고 있는 세상이다. 그가 일하는 일식집 손님 중에 경찰에 연고가 있는 사람이 꽤 있을 거란 생각이 머릿속을 떠나지 않았다.

손님을 기다릴 심정이 아니었다. 솔잎을 짊어진 채 시장을 빠져나왔다. 그를 만나야 했다. 일식집은 역전 큰길가에 있다. 근처를 자주 지나가니까 알고는 있었지만 가본 적은 없었다. 갑자기 찾아가면 그를 만날 수 있을지 알 수 없는 노릇이었다. 그래서 먼저 가게 뒤편으로 돌아가 봤다. 낮은 널빤지로 둘러쳐진 안쪽을 보니 열린 창문으로 주방 안이 훤히 다 들여다보였다. 그의 모습이 확실히 보였다. 그런데 도대체 무엇을 하고 있는지 종잡을 수가 없었다. 다른 사람들은 모두 서양식 요리인의 하얀 제복을 입고 일하고 있는데 그만은 늘 입고 있던 조선의 바지저고리를 입고 이리저리 부르는 대로 헐레벌떡 쫓아다니고 있었다. 기척을 하니 그가 알아차리고 손의 물기를 수건에 훔쳐 닦으며 나오더니 쑥스러운 표정을 지었다. 허드렛일 하는 모습을 들킨 것 같아 민망한 모양이었다. 겉치레라도 한마디 건네주는 게 좋을 듯했다.

"널찍하고 깨끗한 주방이네. 이런 곳에서 일하니 좋겠어."

"온종일 청소에 설거지만 해야 하니 힘들어."

"그렇구나. 실은 어려운 일이 생겼어. 어제 우리 동네에 막걸리를 적발하러 경관들이 들이닥쳤거든. 아버지도 다른 아저씨들도 모두 다 끌려가버렸어. 여기 오는 손님 중에 혹시 경찰 간부도 있지 않아? 차입이라도 할 수 있도록 부탁을 해주면 그 은혜는 잊지 않고 꼭 갚을게."

"그건 어렵겠어. 나는 아직 손님하고 말할 수 있는 처지가 아니거든. 소문으로는 들었어. 연줄을 대려면 큰돈이 필요할 거야. 몇 해나 기른 귀한 소를 팔아도 모자랄 거라고 하더군.”

"왜 그렇게 큰돈이 드는데?”

"그거야 일본인 관리가 조선 사람 말을 공짜로 들어줄 리가 없잖아. 뇌물도 줘야 하고 벌금도 내야 하고 돈 들 데가 많겠지. 너도 소 한 마리 끌고 와 봐. 말은 걸어봐 줄 테니까.”

뭔가 놀림을 당하는 기분이었다. 실망감과 공허함이 동시에 밀려들었다.

그것을 얼버무리려 일부러 큰소리로 이렇게 말해버렸다.

"야, 오늘은 시장에서 다 못 팔았어. 이 솔잎들 사주지 않을래? 일식집도 땔감이랑 다 필요하잖아.”

간신히 솔잎만 팔고 돌아왔다. 저녁 무렵 동네 개울가에 장작불을 지펴 놓고 동네 사람들이 모여 있었다. 또 무슨 일이 생겼나 싶어 가까이 가보니 굿판이 벌어진 것이었다. 무당을 불러 액운을 씻어내고 잡혀간 사람들이 하루 빨리 돌아오게 해달라고 빌고 있었다. 사람들이 할 수 있는 일이라고는 당장 이것뿐일지도 모른다. 간곡하게 두 손을 모아 빌고 있는 모습이 가련해 보였다.

침울한 날들이 며칠째 이어졌다. 할아버지는 노상 누워 있었고 어머니는 몽유병 환자가 되어 있었다. 어린 동생들이 떠들어대는 소리 이외에는 웃음소리 한번 들리지 않았다. 이른 아침, 잠이 깨어 부엌 쪽을 들여다봤다. 부뚜막 앞에서 밥을 짓던 어머니가 눈물을 뚝뚝 떨구고 있었다. 그냥 지나칠 수가 없어 말을 걸어봤다.

"어머니, 뭔 일 있어요?"

"아니, 그냥 가난한 팔자가 원통해서. 너는 읍내에 나가서 모르겠지만 집에 있으니까 별 소리를 다 듣게 되네. 어제는 널 흉보는 소리까지 들었어. 아버지가 감옥에 갇혀 있는데 아들이란 녀석은 장터에서 솔잎이나 팔고 있으니 한심하기 짝이 없다고. 일부러 집까지 찾아와서 지껄여대지 뭐냐."

"할 수 없죠. 방구석에서 한숨만 쉬어대는 것보다는 낫잖아요."

"너한테 말은 안 했는데 너댓새 전부터 동네에 일본 고리대금업자가 와 있어. 논밭을 저당 잡아 빌린 돈으로 벌금을 물면 풀려나온다고 하더라. 다 쓰러져가는 초가집에 논밭 몇 마지기가 고작이고 멍석 짜기로 근근이 입에 풀칠하며 사는 우리 같은 집은 애원해도 대꾸조차 안 하겠지만."

처음 듣는 말이었다. 다른 집들은 대부분 벌금을 마련했을지도 모를 일이다. 그렇다면 우리 집만 아무런 대책도 세우지 못하고 있는 것이다. 남들이 뭐라 하던 솔잎은 팔러 나가지 않으면 안 된다. 다음날도 젊어질 수 있는 한 힘껏 지게에 싣고 읍내로 향했다.

얼마 전부터 여기저기 거지들이 늘어나고 있다. 읍내로 가는 도중 골짜기에도 움막이 들어서 한 식구가 살고 있었다. 어디서 무엇을 하며 살던 이들이었는지는 알 수 없다. 물난리 불난리로 모든 것을 잃은 사람, 빚 탕감하느라 재산을 날린 사람, 흉작으로 세금을 못 낸 사람들이 길바닥으로 내몰렸다. 그들에게도 그럴 만한 이유가 있을 것이다.

움막에서 어린 아이가 길가에 나와 식물 뿌리 같은 것을 손에 들고 빨면서 지나가는 사람들의 얼굴을 빤히 쳐다보고 있었다. 기워 입은 옷에다 꼬질꼬질한 얼굴에 굶주린 두 눈만 멀뚱거리면서 누구라도 까딱하면 그런 지경에 빠지기 십상이다. 촌구석뿐만 아니라 읍내에도 밥을 얻어먹으려고 한손에 바가지를 들고 거리를 떠도는 비렁뱅이들이 부쩍 늘어났다. 읍내 외곽을 흐르는 낙동강변에는 눈에 거슬릴 정도로 움막들이 많이 들어섰다고 한다. 여태껏 들어도 모르는 척해 왔지만 온 동네가 빚쟁이라 더 이상 남 일 같지가 않았다.

시장에서 손님을 기다리기보다 그 거지 동네를 찾아가보고 싶어졌다. 쉴 새 없이 불어대는 강바람을 맞으며 모래 바닥 위의 움막에서 어떻게들 살고 있는지, 남에게 빌어먹는 것만으로도 연명이 되는지, 궁금한 것들이 차례차례 떠올랐다. 솔잎을 짊어진 채 그 길로 읍내를 벗어나 강변으로 가봤다. 긴 제방 위에서 내려다보니 과연 마른 풀이나 나뭇가지로 지붕을 얹은 움막들이 여러 군데 들어서 있었다. 그 가운데 움막이 열네다섯 개쯤 모여 있는 곳으로 내려가 둘러봤다. 사람이 있는 곳도 있었고 비어 있는 곳도 있었다. 벽 삼아 둘러친 짚더미 틈 사이에 얼굴을 대고 경계하는 눈빛으로 바깥을 노려보는 사람도 있었다. 이곳에서도 아이들 소리만은 사방에서 들려왔다. 떼쓰며 졸라대는 아이, 칭얼대는 아이. 그러나 읍내의 아이들과 달리 목소리에 힘이 전혀 없었다. 마치 배고픔을 참는 신음 소리처럼 들렸다.

한 바퀴 빙 둘러봤으나 말 한마디 붙이는 사람도 밥 짓는 모습도 찾아볼 수 없었다. 그나마 움막은 근처 산에서 베어왔는지 가느다란 나무를 잘 짜 맞춰서 비바람은 막아줄 것 같았다. 더 볼 게 없을 거 같아 그냥 돌아오려던 참이었다. 누군가 말을 걸기에 뒤를 돌아봤다.

어쩌다 한 번씩 시장에서 마주치는 솔잎장수 사내가 서 있었다. 여전히 덥수룩한 수염에 긴 머리는 가느다란 끈 하나로 묶고 있었다. 나보다 나이가 많지만 장사는 영 신참이라 몇 번 솔잎 파는 요령을 가르쳐 준 적이 있다. 남다른 풍채라 그것에 신경이 쓰여 제대로 통성명조차 하지 못했지만 거지 움막 사람이라고는 생각도 못했다.

"어쩌다 여기에 오셨어요?"

내가 묻자마자 그는 곧장 한 움막을 가리키며 손가락을 뻗었다.

"저기가 내 집. 어때, 한번 들렀다 가겠나? 어차피 여기서 솔잎 팔기는 글렀으니까."

그는 껄껄 웃으며 말했다. 장사하러 온 것은 아니지만 오해를 받아도 할 말은 없었다. 권하는 대로 안으로 들어가 봤다. 어두컴컴한 안쪽 바닥에는 지푸라기가 깔려 있었다. 식구로 보이는 노부부와 아기를 안은 젊은 여인도 앉아 있었다.

옷차림으로 봐서는 최근까지 거지였던 것 같지는 않았다. 낡은 냄비와 솥, 이불 같은 게 보였다. 의아했지만 이야기를 듣다 보니 대략 사정이 짐작되었다. 고향을 떠난 지 1년이 되었다고 했다. 그에게는 일본말을 잘하는 형이 있었는데 어느 날 동구 밖 주막에서 술을 마시다가 임시 검문에 걸렸고 술에 취한 형이 일본말로 경관들에게 주정을 부리다가 불온분자로 지목돼 연행되었다는 사연이었다. 감옥에서 빼내기 위해 가진 논밭을 몽땅 팔아 보석금을 마련했지만 지금까지 석방은커녕 소식 한 자 들을 수 없다고 했다. 아기를 안고 앉아 있는 여인이 형수였다.

움막촌을 나와 시장에 다시 돌아오니 정오가 넘어 있었다. 평소처럼 장터는 상인과 손님으로 붐볐다. 가마니에 담긴 잡곡이며 산더미같이 쌓인 건어물들이 눈에 들어왔다. 이곳에서는 물건들이 썩어 남을 만큼 넘쳐나는데 거지들에게는 한 홉의 조, 한 마리의 자반고등어조차 꿈도 꿀 수 없는 일이다. 자업자득이다. 예부터 가족이니까 전 재산을 팔아서라도 지켜줘야 한다는 미덕과 핏줄에 대한 애정의 결과가 가족 모두를 지옥으로 끌고 간 것이다. 체면도 차리고 도리도 다했다고 여길지 모르겠지만 형 하나 감옥에서 구하겠다고 논밭 다 거덜내고 가족들이 움막에서 사는 것은 무모한 일이다.

그들은 그런 심리를 약점으로 이용해 땅을 사들이려는 일본인 지주와 고리대금업자가 놓은 덫에 걸려든 것이다. 비슷한 올가미가 우리 동네에도 쳐져 있다. 지금도 내 눈 앞에서 금줄 쳐진 모자에 긴 칼을 찬 경관들이 사내들 몇을 앞세우고 시장을 휘저으며 순찰 중이다. 모두들 겁에 질려 있다. 혹여 가는 길을 막기라도 할까봐 다들 재빨리 길을 비켜줬다. 큰소리로 손님을 부르던 장사꾼들도 입을 꾹 다물었다.

세상에는 생판 다르게 사는 사람들도 많다. 요령 있게 일본인 사회에 끼어들어 비위를 맞추고 출세한 자들의 이야기는 싫증나도록 들었다. 무작정 겁을 먹고 떠는 사람이나 줏대 없이 비위를 맞추는 사람이나 별반 다르지 않다는 생각이 들었다.

날씨가 갑자기 추워져 아침부터 싸락눈이 흩날렸다. 어머니가 혼자 문 앞에 서서 날이 밝기 시작한 강 건너편을 바라보고 있었다. 최근 들어 정신 나간 사람처럼 망연자실한 어머니의 모습을 자주 본다. 신경 쓰지 않으려 했지만 오늘은 아침밥 짓는 것도 잊은 듯 우두커니 서 있었다.

"어머니, 아궁이에 지핀 불이 다 꺼져 가는데 뭘 그리 멍하니 보고 있어요?"

"건너편 집 사람들이 어디론가 떠나 버렸구나. 아침마다 그 집에서 피어오르던 굴뚝 연기도 더 이상 볼 수 없게 됐어. 이 추운 하늘 아래 어디로 갔을꼬?"

어느새 동네에는 고리대금업자뿐만 아니라 땅 장사꾼도 진을 치고 있었다. 논밭을 팔아 막걸리 밀조 죄의 벌금을 내고 가장을 감옥에서 꺼내 오기는 했지만 먹고 살 방도가 없어 살림살이를 싸들고 어디론가 떠나버렸다고 했다. 어머니의 이야기에 가슴이 시렸다.

그 집에는 내 또래 여자 아이가 살고 있었다. 길에서 마주칠 때마다 미소 지으며 인사를 해주었던 소녀였다. 이제는 만날 수 없단 말인가? 그러나 어딘가에 미소 짓던 그녀의 그림자가 남아 있을 것만 같았다. 정신없이 달려 나갔다. 개울을 건너 길도 없는 뽕밭을 가로질렀다. 소녀의 집은 텅 비어 있었다. 열어 놓은 창문만 바람에 들썩거릴 뿐이었다.

어디선가 개 짖는 소리가 들려왔다. 집 뒤편으로 가봤다. 처마 밑에 새카만 개 한 마리가 새끼줄에 묶여 있었다. 목을 흔들며 괴로운 듯 낑낑대며 짖어댔다. 다가가니 나를 가만히 쳐다봤다. 뭔가 애원하는 눈초리였다. 그녀가 나에게 남긴 기억의 선물일지도 모른다는 생각이 들었다. 아니 틀림없이 그럴 것이라는 확신이 들었다.

조심스레 새끼줄을 풀어주자 검은 개는 기다렸다는 듯 쏜살같이 달렸다. 순식간에 벼랑을 뛰어 내려가 냇물에 머리를 담그고 허겁지겁 물을 마셔댔다. 양껏 마셨는지 잠시 후 고개를 들어 슬쩍 나를 바라봤다. 나에게 오라고 손짓했지만 시내를 건너 산비탈을 오르더니 순식간에 숲속으로 사라져 버렸다.

집으로 돌아와 아침밥을 먹고 나니 흩날리던 눈도 그치고 구름 사이로 아침 햇살이 비쳤다. 솔잎을 짊어지고 읍내로 향했다. 고개를 넘어 소나무 밭에 도착했을 무렵이었다. 도망쳤던 검은 개가 눈앞으로 펄쩍 뛰어나왔다. 이번에는 얼굴을 빤히 쳐다보면서 꼬리까지 쳤다. 머리를 쓰다듬어 주자 몸을 비볐다. 비릿한 냄새가 풍겼다. 산짐승을 잡아먹은 것 같았다.

'개의 주인도 넉넉하지 못하니 충분히 먹이를 줄 여유가 없었겠지. 그래서 사냥에도 익숙해진 걸 테고. 넓은 산야가 이 개의 사냥터고 밥상이로구나.'

나 역시 산에 떨어져 있는 솔잎 덕택으로 살고 있으니 우리는 산의 은혜 덕분에 살아가는 한 패인 셈이었다. 검은 개는 계속 쿵쿵거리며 나에게 꼬리를 흔들어댔다.
　"너, 내 부하 할래? 찬밥이라도 얻게 되면 갖다 줄게. 내가 돌아오는 저녁때까지 기다리면 돼. 이름은 어떻게 지어줄까? 그래 검둥이, 오늘부터 검둥이라고 부를게. 꼬리부터 콧구멍까지 전부 새까맣잖아. 어때?"
　한참을 떠들었지만 알아들었는지 못 알아들었는지 검둥이는 멀뚱멀뚱 눈만 껌뻑이며 연신 꼬리를 흔들었다.
　읍내로 가는 길에 검둥이가 계속 따라왔다. 몇 번이나 저리 가라고 손을 젓는 시늉을 해 보였지만 막무가내로 따라왔다. 결국 그 고집에 지고 말았다. 읍내 부근에 이르렀을 때 검둥이가 으르렁거리며 성을 내기 시작했다. 그러더니 시궁창을 건너뛰어 언덕으로 넘어갔다. 건너편 언덕길에는 일본인 부인이 개와 함께 산책을 하고 있었다. 검둥이가 갑작스레 그 개에게 달려들어 개들이 싸우기 시작했다. 말릴 방도가 없었다. 개 목줄을 잡고 있던 부인도 엉겁결에 끌려가다 넘어지더니 언덕 아래로 굴러 떨어졌다. 지나가는 사람들이 보는 앞에서 그녀는 비명을 지르며 살얼음으로 뒤덮여 있던 시궁창에 빠져 버렸다.
　사람들이 뛰어 내려가 시궁창에 빠진 부인을 끌어올리려 안간 힘을 썼고 부인은 끙끙거리며 기어 올라왔다. 그 와중에도 개들의 싸움은 계속되었다. 상대 개도 한 성질 하는지 물러서지 않고 검둥이에게 앞니를 드러내며 대들었다. 검둥이도 필사적이었다. 주인의 땅을 일본인에게 빼앗긴 것을 아는지 모르는지, 그 원수라도 갚으려는 것이지 검둥이는 무서울 정도로 털을 바짝 세웠다. 그러더니 자신의 영역인 숲으로 상대 개를 유인해 마구 물어뜯었다. 그깟 개들의 싸움이었지만 처절하기 이를 데 없었다.

언제까지나 개싸움 구경만 하고 있을 수는 없었다. 아침부터 검둥이를 만났기 때문에 이미 늦은 시간이었다. 발길을 돌려 길을 서둘렀다. 시장에 도착하자마자 갑자기 요란한 사이렌 소리가 울렸다. 시간을 알릴 때도 아니었고 불이 난 것도 아니었다. 지금까지 들어본 적 없는 소름끼치는 소리였다. 잠시 후 안내 방송이 흘러나왔다. 경찰서장 부인이 들개의 습격으로 부상을 당했다며 한 사람도 빠짐없이 들개잡이에 협력하라는 내용이었다. 기가 막혔다. 그 시궁창에는 지금껏 애 어른 할 것 없이 수두룩하게 사람들이 빠졌었다. 그 부인이 서장부인이라는 것은 의외였지만 그렇다 해도 내 알 바는 아니었다. 누군지 알게 되니 오히려 고소하다는 생각이 들었다.

개 짖는 소리가 사방에서 들려왔다. 들개잡이가 시작된 모양이었다. 근처에 앉아서 산나물을 팔고 있는 사람들이 낮은 목소리로 수군거렸다.

"이제 읍내에 돌아다니는 개는 한 마리도 살아남지 못 하겠구먼."

"아니지, 조선 사람이 기르는 개는 죄다 들개 취급당해도 일본 사람이 기르는 개는 전부 살아남겠지."

얼마나 많은 개들이 죽음을 당할지 알 수가 없었다. 지나가는 사람들의 얼굴 표정을 살피며 가만히 서 있는 게 싫증이 났다. 검둥이가 경관대에 잡혀 총에 맞아 죽었을 거라는 생각을 하니 애가 탔다. 암만해도 장사할 심정이 아니었다. 솔잎을 동업자에게 넘겨주려니 공치는 거나 다름없었지만 오늘 하루쯤은 아무래도 좋았다.

준다는 값대로 솔잎을 옆 사람에게 넘기고 시장을 빠져나오니 역시나 분위기가 살벌했다. 긴 몽둥이를 들고 사내 여러 명이 무리를 지어 개를 찾아 다녔다. 그들이 끌고 있는 수레에는 죽은 개 몇 마리가 입에서 피를 흘린 채 실려 가고 있었다. 꼼꼼히 살펴봤다. 그 중에 검둥이는 없었다. 마음을 가라앉히고 집으로 향했다.

산길에 접어든 후 얼마 지나지 않아 수풀 속에서 피투성이가 된 검둥이가 나타났다. 늘 만나는 식구처럼 내 얼굴을 빤히 쳐다보며 또다시 꼬리를 흔들었다. 용맹한 건지 비겁한 건지 알 수가 없었다. 당당하게 싸운 것은 좋지만 그 싸움에 휘말려 죄 없는 많은 개들이 억울한 죽음을 당해버렸다. 저 혼자만 뻔뻔스레 살아남았다. 나를 바라보는 그 눈빛과 마주치니 뭐라 말할 수 없는 감정이 온몸을 휩싸고 돌았다.

근처 골짜기에 맑은 샘물이 솟아나는 샘터가 있는데 그 물로 씻으면 상처가 낫는다고들 했다. 사람들은 그곳을 약수골이라 불렀다. 독립운동을 하다가 다치거나 삼일운동 때 도망쳐온 독립투사들도 그 샘물로 상처를 씻었다고 한다. 검둥이에게도 조금이나마 효과가 있었으면 하는 마음으로 그곳에 데려갔다. 온몸에 달라붙은 핏자국을 곡진하게 닦아줬다. 시간이 조금 지나자 검둥이가 기운을 낸 듯 보였다. 컹컹 짖으며 숲속으로 뭔가를 쫓기 시작하더니 어느새 산중턱까지 올라갔다. 아무리 불러도 내려오지 않았다.

'검둥이는 바위 뒤에서 잘 수도 있고, 마른 풀 위를 찾아가 쉴 수도 있겠지. 사냥도 잘하니 먹을 것 걱정도 없을 테고. 먹이도 제대로 못 주는 주인 밑에서 사는 것보다 오히려 산에서 들개로 사는 게 훨씬 나을지도 모르겠다.'

구름 한 점 없는 날들이 이어지고 기온도 점점 떨어져 추워지기 시작했다. 읍내 사람들도 구들장에 불을 때기 시작했는지 땔감이 될 만한 것들은 뭐든 잘 팔렸다. 솔잎장수들은 제철을 만나 표정이 밝았다. 시장 근처에 있는 교회 종이 정오를 알렸다. 일본 부인 한 명이 기모노 차림에 게타를 신고 딸각딸각 소리를 내며 건너편에서 다가왔다. 읍내 큰길이라면 몰라도 시장 안에서 이런 차림은 보기 드문 일이다. 조선인 식모가 일본인들의 장을 보는 게 예삿일이었다.

게타는 내 쪽을 향해 딸각딸각 소리를 냈다. 이 사람에게 말을 걸어 보면 재미있겠다는 생각이 들었다. 살 마음도 없는 솔잎을 권해보면 반응이 흥미로울 것 같았다. 이럴 때 쓰려고 열심히 외워둔 일본어를 머릿속으로 되뇌며 기다렸다. 예상대로 게타 발걸음이 내 앞에서 멈췄다.

"오쿠상 고레오 갓테 구다사이. 다이헨 요쿠 모에마스요."

オクサン、コレヲ、カッテクダサイ。タイヘン、ヨクモエマスヨ。

(사모님, 솔잎 좀 사세요. 불이 아주 잘 붙어요.)

말을 붙이기 무섭게 부인은 나의 일본어보다 훨씬 더 자연스런 조선말로 대꾸했다.

"싸지 않으면 안 사. 이 솔잎들 잘 마르긴 한 거야? 지난번에 지나가는 장사치에게 샀다가 완전히 속았어. 속에 얼어붙은 눈덩이가 섞여 있더라고. 그따위 물건을 팔면 사기꾼이나 다를 바 없잖아!"

갑자기 큰소리로 호통을 쳤다. 진짜 솔잎을 사러온 것 같았다. 호기심에 기웃거리는 줄 알고 장난삼아 해본 말이었는데 난감했다. 기모노를 입은 부인이 또박또박 조선말을 유창하게 하는 것 또한 의외였다.

지금은 일본어가 대세다. '조선어 배척, 일본어를 쓰자'라는 전단지가 읍내 곳곳에 붙어 있다. 그렇게 꺼려하는 조선어를 일부러 일본인이 쓸 필요는 없을 텐데 말이다. 얼마 전 이곳 출신의 사내가 일본에서 가지고 온 기모노를 입고 돌아다니는 것을 본 적이 있다.

'이 여자도 그런 부류일지 몰라. 도대체 어떤 사람일까?'

일단 부드럽게 넘어가는 게 좋을 것 같았다.

"가끔 그런 나쁜 사람도 있어요. 이건 틀림없어요. 필요하시면 댁까지 배달해 드릴까요? 돈은 안에 든 것까지 잘 살펴보시고 나서 주시면 돼요."

부인의 치켜떴던 눈꼬리가 내려갔다.

흥정을 끝내고 배달을 시작했다. 앞장서서 걷는 부인은 일본인들이 사는 거리와는 반대로 향했다. 무슨 꿍꿍이가 있나 싶어 심기 건드리는 말을 던져봤다.

"사모님, 어디까지 가세요? 너무 멀면 배달비를 따로 받아야 되는데요."

"그냥 아줌마라고 불러요. 나는 사모님이 아니라오."

"일본 부인들은 모두 사모님이 아닌가요?"

"다 그렇지도 않다네."

더더욱 의혹이 깊어졌다. 뒤에서 그녀의 걸음걸이를 보자니 어딘가 조선 사람과는 달랐지만 걸음걸이조차 일본인 흉내를 내고 있을지도 모를 일이다. 도착한 곳은 읍내 외곽에 있는 작은 집이었다. 일본인이 살고 있는 호화로운 저택과는 전혀 달랐다. 집 구조나 꾸밈새도 어디에서나 볼 수 있는 일반 가옥과 크게 다르지 않았다.

"집이 되게 좁네요. 일본 분이 왜 이런 집에 사세요?"

"거 참, 이러쿵저러쿵 어지간히 시끄럽구먼. 일본인도 부자가 있고 가난뱅이도 있어. 자, 여기 솔잎 값이네. 배달비는 깎아 주게."

조선 사람 집에 배달을 해도 약간의 돈을 더 받을 때가 있다. 부인은 내가 꽤나 밉상으로 보였나 보다. 건네준 돈은 솔잎 값 10전이 전부였다.

문을 나설 때였다.

"여보게 잠깐만!"

뒤를 돌아봤다.

"우리 집에는 남정네가 없다네. 이 돌을 장정인 자네가 부엌까지 들어다주면 좋겠어."

부인을 따라가 보니 단단한 것을 두드릴 때 쓰는 받침대였다. 우리 집에도 있는 것이었다. 북어포를 두드린 뼈와 껍질 찌꺼기가 그대로 붙어 있었다. 그녀가 시키는 대로 무거운 돌 받침대를 들고 부엌 문지방을 넘어 발을 딛는 순간 무언가를 밟았는지 '바삭' 소리가 났다. 그걸 본 부인이 버럭 화를 냈다.

"조심하지 않고!"

주워서 보니까 여태껏 본 적이 없는 짧고 얇은 대나무 통이 두 갈래로 깨져 있었다. 외관이 꾀죄죄하고 여기저기 재에 그슬린 시커먼 흔적도 있었다.

"이게 도대체 뭐예요?"

"히후키다케火吹竹, 불붙이는 대나무. 이걸로 입김을 불어 넣으면 불이 잘 타오르거든. 오랫동안 아껴서 써 왔는데. 대수롭지 않게 보이겠지만 대나무가 별로 없는 조선에서는 팔지 않는 거야."

그녀가 속상한 표정을 지었다.

자세히 들여다봐도 보통 대나무일 뿐 어떤 특별한 장치도 없었다. 그저 마디 아래 쪽 중앙에 입김을 불어넣는 곳으로 보이는 작은 구멍이 뚫려 있을 뿐이었다.

본 적도 없고 쓰는 법도 모르지만 깨진 대나무 정도 고치는 것은 일도 아니었다. 할아버지나 아버지가 쓰고 있는 담뱃대 자루 부분도 대나무로 만들어져 있는데 자주 부러졌다. 그때마다 실로 빙빙 돌려가며 도톰하게 감아 공기가 새지 않도록 고쳐서 쓰곤 했다. 이것도 그렇게 하면 될 것 같았다.

"제가 집으로 가지고 가서 한번 고쳐 볼게요."

"고칠 수 있겠어?"

부인은 의심스러워하면서도 나에게 대나무 불쏘시개를 건네 줬다.

내가 의아했던 건 부엌 여기저기에 놓여 있는 그릇이며 도구들이었다. 냄비와 솥, 부엌칼부터 도마까지 생전 처음 보는 모양을 하고 있었다. 일본에서 만든 게 틀림없었다. 부인이 일본 사람이라는 확신이 들자 의구심이 한꺼번에 사라졌다.

집으로 돌아가는 길에 '히후키다케'라는 것을 가지고 걸으니 기묘한 기분이 들었다. 여기저기에 세워진 교회의 서양인 목사들과 달리 일본인은 우리와 피부색도 체격도 비슷하다. 그러나 일본인과 조선인은 지배자와 피지배자로 입장이 다르다. 언어뿐만 아니라 입는 옷부터 쓰는 도구까지 조선인과 모든 게 다르다. 부인이 언제부터 그곳에 살고 있는지는 모르겠지만 조선식 집에 살며 조선말도 잘한다. 그러면서도 기모노를 입고 일본식 살림 도구는 그대로 쓰고 있다. 이까짓 게 깨졌다고 일본에 주문해야 한다는 말에 어이가 없었다. 도대체 뭐가 그리 대단한지, 그렇게 쓸모가 있는지, 빨리 고쳐서 한번 써보고 싶었다.

　이런 것을 고칠 때 쓰는 나무 수액과 소나무 기름이 있다. 집에 돌아가자마자 갈라진 대나무 마디 끝에서 끝까지 빈틈없이 실을 감았다. 공기가 새지 않도록 끈적거리는 수액도 꼼꼼히 발랐다. 마르기를 기다렸다가 시험을 해봤다. 솔잎에 불을 붙인 다음 후 하고 입김을 불어넣자마자 폭발적으로 불길이 타올랐다. 이 정도 화력이면 마른 나뭇가지는 물론 장작을 지필 때 솔잎은 그다지 필요치 않다. 불쏘시개용으로 솔잎이 일본인들에게 잘 팔리지 않은 이유를 알 수 있었다. 만약 이런 도구가 나오면 솔잎은 더더욱 팔리지 않게 될 것이다.

　'그런데 왜 지금까지 이렇게 유용한 도구가 널리 퍼지지 않았을까?'

　대나무가 없으니까, 라고 하면 그만이다. 그러나 이것은 꼭 대나무가 아니어도 두꺼운 종이나 헌 신문지를 몇 장 겹쳐서 말면 대용품으로 사용할 수 있을 것 같았다.

　시험 삼아 어머니에게 한번 써보시라고 했더니 불같이 화를 냈다.

　"바보 같은 소리 마라. 냄비 바닥에도 솥 바닥에도 불기운이 천천히 전해져야 음식의 제 맛이 살아나는 거야. 그래서 불붙일 때는 솔잎이 안성맞춤인 거지. 이런 걸로 후후 불어대면 갑자기

센 불이 올라와서 음식 맛을 다 버려. 남들한테는 입 뻥긋도 하지 마. 창피 당할라."

"그래도 굵은 장작을 지필 때 불쏘시개로는 좋지 않아요?"

"그것도 마찬가지야. 솔잎을 듬뿍 써서 천천히 불을 지펴야 나무 심지까지 부드럽게 잘 타지. 너는 솔잎장수면서도 여태 솔잎 가치를 제대로 모르는구나."

나도 알 만큼은 안다고 생각했지만 듣고 보니 옳은 말씀이었다. 더욱이 일본인은 우리와 냄비나 솥, 부뚜막 모양까지 다르지 않은가. 게다가 일본의 냄비는 알루미늄 같은 것으로 되어 있지만 조선 것은 철로 되어 있다. 그러니 불붙이는 방법이 다른 것도 당연하다. 대나무 불쏘시개는 역시 일본 것이었다. 조선인에게는 그다지 맞지 않는다는 것을 깨달았다.

고친 히후키다케를 가지고 다음날 찾아갔더니 부인은 방안에 화려한 천을 널어놓고 바느질에 여념이 없었다.

"아주머니, 좀 고쳐봤어요. 한번 써 보세요."

"자네는 뭐든지 고칠 재주가 있어 좋겠네."

"천이 곱네요. 아주머니가 입을 기모노예요?"

"나는 이제 이렇게 화려한 기모노를 입을 나이가 아니네. 이건 관청에 다니는 높은 분의 따님이 결혼할 때 입을 옷이라오."

"아, 관청에 다니는 높은 분이 친척인가요?"

"친척은 아니야. 나는 기모노 짓는 일을 한다네. 참 자네는 나이가 몇인가?"

"이제 열다섯입니다."

"조선 사람들은 결혼을 빨리 한다고 하니 슬슬 짝 찾을 나이가 됐구먼."

"그럴 형편이 아니에요. 막걸리 적발 때 아버지가 끌려가서 지금 감옥에 계시거든요. 혹시 관리 중에 아는 사람이 있으면 좀 물어봐 주실 수 있나요? 잡혀 가신지 벌써 보름이 넘었는데 이제껏 연락 한통 없어요."

"경찰서에 가서 직접 물어보지 그래?"

"우리 같은 사람 말은 들으려고도 안 해요. 부탁 좀 드릴게요."

"그거 이상하네."

그녀는 눈을 깜빡이더니 이내 입을 다물어 버렸다. 그 이상은 말을 붙일 수가 없었다.

3

아버지 일을 부탁해 보기는 했으나 돌아오는 대답은 시원치 않았다. 당연한 일이다. 시장에서 안 지 불과 하루밖에 안 된 사람을 위해 일부러 경찰서까지 가줄 리가 없지 않은가. 그럼에도 부인은 지금까지 봐온 일본인과는 뭔가 달라 보였다. 무엇보다 조선인을 무조건 깔보는 태도가 없었다. 게다가 조선말도 잘한다. 숨기는 거 없이 있는 그대로 말하는 것을 보면 동포 같은 친근함까지 느껴졌다. 오늘의 솔잎은 모조리 부인에게 건네주고 왔다.

시간은 이른데 따로 볼일도 없어 건들건들 집으로 향했다. 읍내 큰길을 막 벗어나려는데 큰 가마니를 한 짐씩 짊어지고 시장으로 장사 나가는 사람들을 만났다. 다섯 명이 줄을 지어 묵묵히 걸어가고 있었다. 꽤 멀리 떨어진 벽촌 사람들로 보였다. 다들 낡고 더러운 짚신을 신어 구질구질했다. 그들 옆을 지나치니 대추

냄새가 확 풍겼다. 가마니 속에 말린 대추가 담겨 있는 모양이었다. 대추 산지라면 나에게도 인연이 없지는 않다. 외곽에서도 6, 7리 떨어진 청량산 기슭은 대추골로 유명하다. 그곳에 숙부 일가가 살고 있는데 숙부 집에서 1년 정도 머문 적이 있다.

그 시절 생각을 하며 무리들을 쳐다봤다. 먼 길을 걸어 다리의 힘이 풀린 듯 당장이라도 쓰러질 것같이 비틀거렸다. 그 상태로는 시장에 도착해도 기진맥진해 장사도 온전히 못할 듯 싶었다. 이런 사람들을 노리는 깡패 같은 장사꾼들이 시장에는 우글거린다. 그들은 시장을 근거지로 해 촌에서 온 사람들을 인정사정없이 속여먹으며 돈을 번다. 약점을 잡아 그럴싸한 말로 꼬이고 물건을 터무니없는 값으로 후려쳐 깎아 내린다. 요즘은 그런 짓을 잘하는 사람에게 오히려 뛰어난 장사꾼이라고 치켜세워주는 풍조까지 생기고 있다. 이들도 영락없이 그들의 제물이 될 것이라는 생각이 들었다. 모르는 척해도 되지만 1년 공들여 농사지은 대추를 거저 주듯 헐값으로 넘기게 되면 딱한 일이다. 더군다나 촌사람끼리 형편을 잘 아는 처지기에 슬쩍 그들의 뒤를 따라가 봤다.

정오가 지나서 그런지 시장에 자리가 꽤 비어 있었다. 대추 팔러 온 사람들은 서둘러 중앙과 가까운 넓은 곳에 자리를 잡아 짐을 내려놓고 가마니를 열었다. 꺼내 놓은 대추를 살펴보니 알도 실하고 고르며 빛깔도 좋았다. 게다가 잘 말라 있어 흠잡을 게 하나도 없었다.

올해 처음 나온 햇대추, 한 가마니에 네 말 정도는 들어있는 것 같았다. 예년의 값으로 따져보면 어림잡아 8원에서 10원까지는 받을 수 있을 성 싶었다. 얼마로 값을 쳐줄지 궁금했다.

이들은 대추를 팔아 조상님 제사도 지내고 잔치 치를 쌀도 살 것이다. 그런 상상을 하면서 지켜보고 있는데 일제히 싸온 도시락을 꺼냈다. 모두 어슷비슷 보잘 것 없는 한끼였다.

조로만 지은 끈기 없는 밥에다 찬이라 해봐야 삶은 채소 잎에 큰 콩이 덩어리째 보이는 된장이 전부였다. 그들은 된장을 바른 잎에 조밥을 싸서 맛있게 먹었다. 나도 가난한 농사꾼 집이지만 조만으로 지은 밥을 먹는 경우는 거의 없다. 보리라도 조금씩 섞여 있으니 그들보다 내가 먹는 밥이 낫다는 생각이 들었다.

과연 햇대추라 지나가던 손님들도 발을 멈춰 한 번씩 들여다보고 갔다. 그중 시장에서 힘깨나 쓴다는 명태 장수들이 몇 명이나 모여들었다. 그들은 언제나 좋은 자리를 점령해 말린 명태, 즉 북어를 팔고 있는 장사꾼들이다. 이런 사람들이 1년 내내 매달려 농사지은 농작물의 가치를 제대로 알아줄 리가 없다. 작년에는 안타깝게도 수확 직전에 불어 닥친 태풍으로 상한 대추가 많았다. 그러나 이들의 대추는 흠집을 찾아볼 수 없었고 벌레 먹은 것도 없었다. 윤이 나는 때깔 좋은 상품이었다. 그런데도 작년과 똑같은 값을 부르고 있었다. 작년처럼 말린 북어 열 마리 한 묶음과 대추 한 되를 교환하자는 것이었다. 이들이 팔고 있는 북어 속살은 대패로 벗겨낸 나무껍질처럼 바짝 마른 것이었지만 해산물과 인연이 먼 농촌에서는 제삿날이나 잔칫날에 빼놓을 수 없는 물건이라 어쩔 수 없이 흥정이 된 모양이었다. 북어와 맞교환하기로 한 대추 장수들은 곡물 장수에게 되를 빌려다가 가마니에서 대추를 퍼내 막 옮겨 담기 시작했다.

그때였다. 가끔 순찰을 도는 조선인 순사 한 명이 오늘은 대여섯 명이나 되는 일본 군인을 안내하며 시장 쪽으로 들어왔다. 평소보다 야단스럽고 서슬이 퍼랬다. 무슨 일이 벌어질까 싶어 조마조마했다. 그들은 이제 막 손님과 거래를 트느라 바빠진 대추 장수들 주위를 빙 둘러쌌다. 매서운 눈초리로 주위를 둘러보던 순사가 입을 열었다.

"올해부터 대추를 제멋대로 팔아서는 안 된다. 군대에서 전부 사들일 것이다. 대금은 주둔군 본부 사무소에서 지불할 것이니 거기 있는 거 다 가지고 따라 와. 어서!"

그 말을 들은 명태 장수들이 야단법석이었다. 애써 흥정이 되어 물물교환을 하고 있던 중이라 누가 먼저랄 것도 없이 한마디씩 했다.

"그건 곤란하오. 우리 애가 감기라 이걸 꼭 달여 먹여야 한단 말이오."

"간만에 달달하게 대추 넣고 떡 좀 쪄 먹으려고 했구먼."

"나으리, 이미 팔기로 한 건 그대로 봐주시구려."

순사는 들은 척도 안했다. 아무리 말해봐야 소용없었다. 오히려 이 상황이 불순한 분위기로 보였던 모양이다. 군인 한 명이 큰소리로 고함을 질렀다.

"너희들 무슨 불만이라도 있는 거야?"

이 정도의 일본말은 언제나 들어와서 조선 사람들도 다 알아듣는다. 대추 장수들은 말없이 짐을 꾸리기 시작했다. 결국 대추와 함께 끌려가듯 순사 일행을 따라갔다.

평소에는 유세를 부리는 명태 장수들도 경찰이나 일본군 앞에서는 꼼짝 못했다. 떠들썩했던 시장 안이 어느새 조용해졌다. 잠시 후 가지각색의 소문들이 사람들 입에 오르내리기 시작했다.

"대추는 아마 만주에 있는 일본군대로 보낼 걸? 겨울에 과일 대신으로 먹는다고 하던데."

"그보다 일본으로 보내서 한약이라도 만들지 않겠어?"

"올해 대추 값은 천정부지로 오르겠구먼. 가난한 사람들은 대추 구경도 못하게 됐네."

이 말도 저 말도 그럴싸했지만 다 억측에 불과했다.

시장을 나와 집으로 발길을 돌리니 쌀쌀한 바람이 불어왔다. 몸을 움츠리며 뚜벅뚜벅 걸었다. 고개를 넘기 직전 투명한 늦가을 하늘 아래 태백산맥의 웅장한 봉우리들이 한눈에 펼쳐졌다. 그만 맥이 탁 풀려버렸다. 마른 풀 위에 털썩 주저앉아 높게 솟은 산을 우러러봤다. 봉우리마다 하얗게 덮인 눈이 어렴풋이 보였다. 군데군데 하얀 돌이라도 얹어 놓은 것만 같았다. 대추 장사들이 사는 마을 어귀 청량산 봉우리에도 눈이 쌓여 있는 게 희미하게 보였다. 오늘 아침 그들은 장터에 가기 위해 눈 덮인 산을 보며 집을 나섰을 것이다.

'일본군 주둔 본부로 가져간 대추 값은 얼마나 받았을까?'

일본을 위해서다, 뭐다 하면서 헐값에 빼앗겼을 거라는 생각이 좀처럼 머릿속을 떠나지 않았다.

오늘 같은 일이 계속된다면 우리 같은 사람들은 제사상에 올릴 대추조차 구하기 어려울 것이다. 앞으로도 필요한 물건마다 이와 같은 일이 벌어질 게 뻔하다. 이런 저런 생각으로 뒤숭숭해하고 있을 때였다. 성격이 거친 장사꾼 한 명이 빈 지게를 짊어지고 어슬렁어슬렁 산비탈을 올라오고 있었다. 그는 가끔 얼굴을 마주치는 사내인데 시골 마을까지 찾아가 교활한 말로 뭐든지 사고 파는 사람이다. 뭔가 좋은 일이라도 있었나 보다. 콧노래까지 부르며 헤벌쭉 웃고 지나갔다.

힘들이지 않고 돈을 버는 사람들은 그런 자들뿐이었다. 모두 부러워하는 것도 이해는 간다. 요새는 그런 이들이 부쩍 많아졌다. 남의 약점을 잘도 찾아 이용하고 때로는 관리의 앞잡이 노릇도 해주곤 한다. 일본인 앞에서는 아첨도 잘하고 비위도 잘 맞춰 준다. 그들은 그 덕에 얻은 알량한 힘으로 시장 상인들에게 트집을 잡아 물건을 싼 값으로 사들인 후 비싸게 되팔아 먹고 사는 사람들이다. 우리 동네에 경관들이 막걸리 적발을 하러 왔을 때에도 그들 중 한 명이 안내인으로 따라왔었다. 그 탓에 아버지는 지금도 수감 상태다. 어쩌면 오늘 대추 장수들이 시장에 간다는 것을 그들 중 누군가 귀띔했을지도 모를 일이다. 치사한 짓밖에 못하는 자들이지만 관리나 일본인들의 신임이 두터우니 누구 하나 따져 묻는 사람이 없다. 언젠가부터 처세술이 좋아 성공하는 자의 본보기처럼 되어 버렸다.

  그 후 시장에서는 도통 대추를 찾아볼 수 없었다. 솔잎을 배달하고 돌아오는 길에 잡곡을 팔고 있는 곡물 가게가 있기에 진열된 것을 들여다봤다. 두어 되 정도 되는 대추도 놓여 있었다. 반질반질하고 고운 햇대추가 아니라 곰팡이가 피어 당장 버려도 될 것 같은 것들이었다. 값을 물어보니 굉장히 비쌌다. 아무리 비싸도 들어온 것들은 이런 것뿐이고 앞으로 더 나올 구석이 없다고 했다.

  그러고 보니 시장 상인들이 예언했던 대로 대추 값이 오르는 건 불 보듯 뻔한 일이었다. 어렸을 적이라 기억은 흐릿하지만 이 맘때쯤 청량산 기슭의 마을은 어느 집이나 대추로 차고 넘쳤다.

'그렇게 많은 대추를 거기서는 어떻게 하고 있을까. 큰 대추나무 밭이 넓게 자리 잡은 숙부 일가는 별일 없을까?'

안 가본 지 오래 됐지만 이참에 가보고 싶어졌다. 찾아가는 길도 대략 기억이 났다. 지금 가면 저녁 무렵엔 도착할 것이다. 숙부 집에서 하룻밤 자고 다음날 돌아오면 될 것 같았다. 집으로 향하던 길에서 숙부네 쪽으로 방향을 바꿨다.

작은 시골 마을 예안을 지나 도산마을을 벗어나면 제대로 된 길은 없다. 거기서부터는 도깨비라도 나올 것 같은 음침한 산길이 수풀 속으로 구불구불 이어진다. 험난한 태백산맥의 봉우리들이 이어지는 능선을 몇 개나 넘었다. 한참 걸어 내려가니 낙동강 나루터가 나왔다. 바닥까지 훤히 들여다보이는 광활한 강물이 우렁찬 함성을 질러댔다. 나룻배를 매어 놓은 창고 안을 들여다 봐도 사공은 보이지 않았다. 근처에서 볼일이라도 보나 싶어 큰소리로 불러봤지만 별안간 사람 소리에 놀랐는지 숲속에서 새떼들만 푸드덕거리며 날아 오를 뿐 어디에도 사람이 나올 기색이 없었다.

이러다가 날이 저물어버릴 것 같았다. 어느새 저녁노을이 강변을 붉게 물들이기 시작했다. 살펴보니 배 안에 노가 놓여 있었다. 다른 도리가 없어 묶어 놓은 밧줄을 풀고 배에 올라탔다. 노를 저으니 배가 슬슬 강물 위로 나갔다. 그다지 힘 안 들이고 강 중앙까지 이르렀는데 물살이 세지면서 급류를 타자 노를 아무리 저어도 배가 앞으로 나아가지 않고 자꾸 하류로 떠밀려 내려가기만 했다. 큰일 났다 싶어 겁이 났다. 그렇게 강 위에서 악전고투를 벌이고 있을 때였다.

어찌 이 지경이 된 것을 알았는지 사공이 달려와 강변에 옷을 벗어던지고 배를 향해 맹렬히 헤엄쳐 오더니 간신히 배를 따라잡고 위로 기어 올라왔다. 덥수룩한 수염에 거무죽죽한 피부, 산적 같이 덩치가 큰 사내였다. 그에게 호되게 혼이 났다. 아무리 작은 쪽배라도 경험 없이는 다룰 수 없는 법이다. 그저 머리를 조아리고 죄송하다는 말만 되풀이할 수밖에 없었다.

나룻배에서 내리자마자 걸음을 재촉했지만 길은 어스름해지고 점점 험해졌다. 자칫 발을 헛디뎠다가는 험준한 벼랑으로 굴러 떨어질 위험도 크다 눈을 번쩍 뜨고 앞만 보며 산길을 올랐다. 산비탈 경사면에 지어진 집들의 불빛이 드디어 보이기 시작했다. 숙부의 집에도 불이 켜져 있었다. 마당에 도착해 숙부를 부르니 뜻밖의 방문에 모두들 놀란 것 같았다. 숙부 내외와 나보다 일곱 살 정도 어린 장남, 이제 네다섯 살 된 여동생 네 식구가 모두 나와 나를 맞아줬다. 그들과 오랜만에 인사를 나눴다.

숙부는 두서너 달에 한 번 안동읍에 볼일 보러 나오는 김에 우리 집에 들르곤 했는데 반년이 넘도록 오지 못했다. 막걸리 적발로 아버지가 옥중에 계신 것도 모르는 눈치였다. 사정 이야기를 하니 숙부는 분에 차 굳어진 표정으로 지그시 눈을 감았다. 그러더니 참아야지, 참아야지 했다. 참는 것 말고는 우리가 살아남을 방법이 없다고 입버릇처럼 말하던 숙부의 심정을 알 것 같은 순간이었다.

숙부의 얼굴 오른쪽 절반 가량은 끔찍한 흉터로 일그러져 있다. 저녁밥을 먹으며 오늘도 그 얼굴을 물끄러미 바라보니 등잔불에 비친 흉터에서 빛이 났다. 본인은 자주 상처가 왜 생겼는지 태연하게 들려줬지만 들을 때마다 마음이 편치 않았다. 숙부가 젊었을 때 돈 벌러 일본에 갔었는데 도쿄에서 큰 지진이 일어났다고 했다. 우에노공원 공사가 막 시작된 그 무렵 숙부는 현장에서 온종일 흙을 퍼 나르는 지게질을 하고 있었는데 점심시간이 되어 나무에 매달아 놓은 도시락을 가지러 가려는 참에 갑자기 땅이 흔들렸다고 한다. 얼마 후 여기저기 불길이 솟아오르고 숨을 못 쉴 정도로 메케한 연기에 휩싸여 우왕좌왕하다가 근처 역으로 달려갔더니 이미 피난민으로 넘쳐나고 있었다. 하는 수 없이 출발 직전의 열차 지붕으로 기어올라가 타기는 했는데 그런 숙부가 사방에 깔려 있던 소방단원의 눈에 띄었던 모양이다. 소방단원들은 줄로 갈고리를 매단 긴 막대기를 들고 있었는데 열차 위에 엎드린 채 매달려 있던 숙부의 얼굴을 향해 그것을 던졌다고 한다. 그때 날카로운 갈고리가 숙부의 얼굴 오른뺨에 박혀 버렸다. 지붕에서 철로로 끌려 내려가 떨어진 것까지만 기억이 아련할 채 기절해 버렸다고 한다. 정신을 차렸을 때는 마침 조선인 학살 명령이 해제된 후였다. 간신히 목숨은 부지해 돌아왔지만 그 흉터는 지금도 선명하게 남아있다. 무슨 짓을 당해도 말대꾸할 수 없었다. 그런 일까지 당하고 살아남은 숙부로서는 참아야 한다는 말밖에 할 수 없게 된 것이다. 일본에서 돌아와 결혼하고 이곳에 들어와 땅을 갈고 밭을 일궈 살게 된 지 십년째다. 고개를 돌릴 때마다 희끗희끗 흰머리도 보였다.

　이 마을 사람들은 먼 데서 손님이 찾아오면 그냥 지나치지 않는다. 방문객을 환영하는 뜻도 있지만 벽촌에서 살다보니 유일하게 바깥소식을 들을 수 있는 기회라 반갑게 맞아준다. 오늘도 저녁 밥상을 물리자마자 동네 사람들이 모여들었다. 그중에는 며칠 전 대추와 함께 일본군에게 끌려갔던 사람들도 있었다. 그들에게 그때 대추 값은 얼마나 받았냐고 물어봤더니 예상한 값의 반에도 못 미치는 헐값으로 몰수당했다고 했다. 그로 인해 온 동네가 어려움에 빠지게 되었다고 하소연했다.

　올해 대추는 집집마다 출하도 못하고 있었다. 빨리 팔아 돈을 마련해야 여름내 쓰다 고장 난 농기구 수리도 하고 겨울을 앞둔 아이들에게 옷가지라도 한 벌 사줄 수 있는데 어쩌면 좋을지 모르겠다고 다들 한숨만 내쉬고 있었다.

시장 한복판에서 내놓고 파는 것은 안 된다. 남몰래 안동읍까지 옮길 방법을 궁리해 봤다. 그것만 가능하다면 뒷거래를 통해 팔 수 있는 방법은 얼마든지 있다. 관리나 일본군, 깡패 같은 장사치들의 미끼로 계속 얕보였다가는 얼마 안 되는 농작물로 먹고 사는 벽촌 사람들도, 시장을 삶의 터전으로 삼고 있는 상인들도 억울한 일만 당하게 될 것이다.

산골이며 읍내며 어느 곳이든 관리들의 앞잡이나 끄나풀이 있다. 어떻게 하면 그들 눈을 피해 대추를 안동읍까지 나를 수 있을지 논의가 시작됐다. 낙동강 나루터를 지나면 거기서부터는 다른 마을이다. 도중에는 주재소도 있고 벽촌 사람들을 깔보는 마을도 지나가야 한다. 이것을 조심해야 한다, 저것은 위험하다 이러쿵저러쿵 옥신각신하더니 늦은 밤이 되어서야 겨우 가닥이 잡혔다. 당국의 명령을 위반해 마을이 전멸을 당한 경우도 있으니 지나친 모험은 피해야 한다는 것에 모두가 동의했다. 운은 하늘에 맡기고 일단 승부를 걸어보기로 했다.

그리 배짱 좋은 결론은 아니었지만 매일 하루에 한 명씩 한밤중에 대추를 싣고 마을을 빠져나가는 것이다. 그 후 이른 새벽에 산에서 나와 합류하기로 했다. 거기서 대추 꾸러미를 솔잎 사이에 섞어 얼핏 솔잎더미처럼 보이도록 만든 다음 둘 다 솔잎장수인 양 읍내로 운반한다는 작전이었다. 말린 대추라 해도 먼 길을 걸어야 하니 많은 양을 짊어질 수는 없다. 일 인당 네 말까지가 한도였다. 무엇보다 읍내 주변마다 지키고 있는 감시원의 눈을 피해 통과하기란 쉽지 않은 일이다. 게다가 하루에 한 번씩 나눠서 하면 시간도 오래 걸리고 퍽 귀찮은 일이다. 어차피 한밤중을 이용할 거라면 여럿이 한꺼번에 실어 나르는 게 이로울 것 같지만 만의 하나라도 대비해서 그렇게 할 수는 없었다. 한 명이라면 행여 잡혀가도 피해가 적다는 마을 사람들의 이야기가 옳다. 한 사람이든 열 사람이든 어쨌든 위반은 위반이다. 만약 이 작전이 탄로 날 경우 그들이 용서해 줄 리 없으니 실수가 없도록 세심하고 주의깊게 확인한 후 의논을 마쳤다.

이튿날 아침, 숙부네 집을 나섰다. 가을이 깊어졌다. 머지않아 눈이 산야를 뒤덮어 걸어 다니기도 어려울 뿐만 아니라 살갗을 할퀴는 매서운 추위 때문에 밖에 나서기조차 망설여지는 날들이 닥칠 것이다. 그때까지 얼마나 대추를 내다 팔 수 있을지 불안해하며 집으로 돌아왔다.

첫 번째 사람이 도착하는 날 새벽이 되었다. 약속대로 보통 때보다 솔잎을 조금 더 준비해 동구 밖 숲속으로 갔다. 이른 시간에 출발했는지 상대방은 이미 도착해 나를 기다리고 있었다. 인사를 나눌 틈도 아껴 가마니 두 개에 대추를 나눠 담고 솔잎으로 잘 가렸다. 짐을 신중히 싼 후 각자의 지게에 실어 보니 솔잎장수의 것처럼 자연스러워 보였다. 어떻게 봐도 안에 다른 것이 들어 있는 것처럼 보이지 않았다. 이 정도라면 누구에게도 의심받지 않을 것 같았다. 당당한 발걸음으로 읍내에 도착해 시장 근처로 갔다. 느닷없이 뒤에서 안면이 있는 솔잎장수 한 명이 쫓아오더니 무턱대고 성질을 부렸다.

"어이, 동업자가 많아지는 건 문제라고! 지금도 겨우 장사하고 있는데 또 신참을 데려 오면 어떡하나?"

"이 사람은 솔잎 팔러 온 게 아니고 친척집에 갖다 주러 가는 길이에요. 나도 오늘은 시장에 안 가요. 이 사람 도우러 가야 해서요."

"그럼, 자네 자리는 내가 대신 써도 되겠나?"

"물론 되죠. 편하실 대로 하세요."

능청스럽게 대꾸하며 고개를 끄덕이자 그는 잰걸음으로 우리 앞을 지나갔다. 예상치 못한 불청객을 만나 순간 가슴이 철렁했지만 어렵지 않게 따돌릴 수 있었다.

시장에는 팔지 않는 물건들만 골라서 사들이는 중개인들이 있는데 몇 사람을 알고 있다. 그 중 먼 친척뻘 되는 이도 한 명 있어 우선 그 사람을 찾아가 보기로 했다. 그는 빈민가 근처 뒷골목에서 보리밥과 보신탕을 파는 밥집을 하는데 장사꾼들이 싸게 묵을 수 있는 여인숙도 겸하고 있다. 같은 성씨라 친척이라고는 하지만 얼마나 혈연관계가 깊은지는 잘 모른다. 오래 전 아버지와 한번 찾아간 적이 있다.

"순덕아, 인사 드려라. 이분은 족보로 치면 너의 삼촌뻘이시다."

그 이후로 친척이라 여기며 왕래는 하고 있다. 하지만 셈이 정확한 사람이라 국 한 사발, 보리밥 한 그릇도 공짜로 얻어먹어 본 적은 없다. 그다지 내키지는 않았지만 이럴 때는 다른 곳보다 그곳이 가장 안전할 것 같았다.

뒷골목을 돌고 돌아 밥집에 도착하니 큰솥 한가득 보신탕 끓이는 냄새가 골목에 배어 있었다. 지게를 밖에 세워 놓고 안으로 들어갔다. 손님들이 올 시간이 아니어서 그런지 주인은 혼자 툇마루에 앉아 있었다.

"삼촌, 안녕하셨어요?"

"아니, 이게 누구야? 순덕이 너 오랜만이구나. 아버지는 아직도 감옥에 계시냐?"

"네, 근데 아무런 소식도 못 듣고 있어요. 다름이 아니라 오늘은 삼촌께서 꼭 맡아주셨으면 하는 게 있어서 이렇게 찾아뵀어요."

"뭘 가져 온 게야?"

"올해 거둔 말린 대추는 일본군이 모조리 사들인다는 거 삼촌도 잘 아시죠? 그래서 산지에서 대추를 몰래 가지고 왔어요."

"참말인가? 어서 보여주게."

둘이서 세워놓은 지게를 짊어지고 주인을 따라 뒷마당으로 갔다. 솔잎 속에 있는 가마니를 열어 대추를 보여주자 그는 벌린 입을 다물지 못하고 대추를 꼼꼼히 살펴봤다.

"너도 이제 다 컸구나. 용하다, 용해! 그래, 내가 다 맡아 놓으마. 대신 꼭 우리 집으로 가지고 오너라. 매일이라도 좋으니까. 알았지? 네가 조카니까 다른 사람보다 값은 후하게 쳐주마. 이거면 되겠냐?"

주인은 그 자리에서 바로 12원을 내밀었다. 일본군에게는 겨우 6원으로 빼앗겼던 대추다. 잘 받아도 10원 정도로 예상하고 있었는데 뜻밖이었다.

점심때가 되어 밥집에 슬슬 손님이 들어오기 시작했다. 일어서서 나오려고 하자 주인이 오늘은 점심을 대접하겠다며 우리를 붙들었다. 그는 갓 지은 흰밥에다 고기 덩어리가 듬뿍 든 국을 내왔다. 좀처럼 접하기 드문 진수성찬이었다. 모락모락 올라오는 김을 후후 불어가며 국물 한 방울 남기지 않고 먹었다. 이 맛난 식사가 일본군이 대추에 손을 댄 결과라 생각하니 그 짓이 밉게만 보이진 않았다.

4

 대추는 과자나 떡을 만들 때 맛을 더하거나 장식으로 쓰이다 보니 쌀처럼 주식은 아니다. 그럼에도 달콤한 향기의 말린 대추는 쓸모가 많다. 그런 대추까지 일본 군대에 대주니 값이 하늘 높은 줄 모르고 치솟았다. 날이 갈수록 소문에 소문이 더해져 퍼지기 시작했다. 최근에는 대추 값에 부화뇌동한 상인들이 곡식을 사들이기 시작했다는 말까지 돌았다.

 대추를 밥집 주인에게 마지막으로 넘긴 직후부터 다른 물건들도 덩달아 값이 오르기 시작했다. 특히 곡식 값이 극심하게 올랐다. 그에 비해 솔잎이나 땔나무는 경쟁만 심해질 뿐이었다. 설이 코앞인데 그믐인 오늘도 시장 모퉁이에는 솔잎이며 마른 나뭇가지를 짊어진 땔감장수들이 몰려 있었다.

 저녁이 되어서야 간신히 솔잎 판 돈을 손에 쥘 수 있었다. 아침

나절 방 한 구석에서 내일이 설이라고 기뻐하며 소근거리던 어린 동생들 모습이 눈에 삼삼했다. 연로해 누워계신 할아버지도 마음에 걸렸다. 오늘만큼은 집에 빈손으로 돌아갈 수 없었다. 북어 두어 마리라도 살까 싶어 시장 안을 둘러봤다. 생전 보기도 어려운 자반고등어를 굉장히 싸게 팔고 있었다. 설 대목에 기대를 걸고 멀리서 온 상인인 듯 보였다.

"자아, 자반고등어가 왔어요. 싸게 드려요. 고등어 사려! 싸고 맛있는 자반고등어가 왔어요. 고등어 사려! 지금 안 사면 후회해요. 고등어 사려!"

목청껏 소리 높여 손님을 부르고 있었으나 바람만 잡는 허세로 들렸다. 다가가 큰 놈으로 한 마리를 골라 들어보니 제법 묵직했는데 원래 가격의 반값이라고 했다. 가지고 있는 돈을 탈탈 털어 세 마리나 샀다. 남부럽지 않은 설맞이를 할 수 있을 거라 흐뭇해하며 빈 지게에 자반고등어를 매달아 묶은 후 가뿐히 집으로 발길을 돌렸다.

읍내에서 1리 정도 떨어진 고개에서 바라본 저녁노을이 유독 아름다웠다. 석양이 산줄기 뒤로 넘어가려는 찰나였다. 서쪽 하늘과 눈 덮인 태백산맥의 봉우리들에 불이라도 지른 듯 붉은 광채가 났다. 내일부터 새해다. 장엄한 광경을 보고 있으니 내년이야말로 평안한 한 해가 되게 해 달라고 간절히 빌지 않을 수 없었다.

고개를 넘어 긴 내리막길을 걷는 동안 어둑해지기 시작했다. 마을 외곽에 있는 작은 주막집을 지나칠 때 등불이 켜진 방에서 모처럼 손님들의 떠들썩한 소리가 들렸다. 설 명절이 오긴 왔나 싶었다. 요즘에는 이런 모습도 좀처럼 보기 어려웠다. 잠시 멈춰 그들의 말소리에 귀를 기울여봤다. 관리는 없는 것 같고 이런저런 일을 하는 사람들만 모여 있는 듯했다. 인적 드문 산간 마을이고 날도 저문 마당이라 이 사람 저 사람 거리낌 없이 말을 주고받았다. 다른 집회장이나 시장에서는 들을 수 없는 이야기까지 허심탄회하게 나누고 있었다.

"우리 마을은 쌀밥 구경한 지 한참 되었네. 자네들 상인들이야 뭐, 일본인들 따라다니다 보면 간간히 쌀밥 먹을 일도 있겠지만."

"그런 소리 말아요. 장사하는 사람도 속 썩을 일이 숱하다오. 우리가 취급하는 비료 중에 암모니아가 있는데 그게 다 일본에서 오거든. 그렇다 보니까 우리에게 떨어지는 몫은 한 푼도 없다오. 일본을 위해 봉사하라고 해대니까."

"일본에서 오는 비료로 조선 사람들은 벼를 키우지. 일본 사람들은 뼈 빠지게 농사지어 거둔 쌀을 세금으로 죄다 빼앗아 일본에 도로 실어 가고. 참말로 교묘하기 이를 데 없지 않나?"

"일본에서는 옛날부터 '넨구마이 年貢米'라고 하지. 그놈들은 백성들한테 쌀을 빼앗아 가는 게 아주 습관이 된 모양이야. 식민지

정책도 '넨구'라는 걸 쌀 대신 세금으로 바꾸었을 뿐인 게지."

"전에는 이 정도까지는 아니지 않았나? 작년이었지, 아마? 만주국이 생겼다고 떠들던 게. 그때부터야. 요즘은 정말 엉망진창일세. 양복쟁이가 동네에 나타날 때마다 아주 치가 떨리네."

날카로운 여인네 목소리도 들렸다. 언제부터인가 사람들은 관리를 양복쟁이라고 불렀다. 양복을 입을 수 있는 사람은 관리나 관공서에 연줄이 닿는 사람들이었다. 누구 하나 그들을 두려워하지 않는 이가 없었다. 그 양복쟁이들한테 막걸리 적발을 당해 지금도 옥중에 갇혀 있는 아버지 생각이 났다.

어둠과 함께 싸늘한 바람이 불었다. 온몸을 파고드는 냉기에 바들바들 떨렸다. 더 이상 길에 서 있을 수가 없어 집까지 달음박질쳤다. 부엌에서 어머니가 홀로 등불을 켜놓고 뭔가를 만들고 있었다.

"어머니, 뭐 하세요?"

"떡 찌고 있어."

"와아, 웬 떡이래? 붉은 빛깔인데 이게 무슨 떡예요?"

"수수가루로 쪄봤어. 아버지가 안 계셔도 차례는 올려야 하잖니. 아무리 찾아봐도 차례 상에 올릴 거라고는 이것밖에 없구나."

"걱정 마요. 자반고등어를 세 마리나 사왔거든요."

지게에 매달아 놨던 것을 건네자 어머니는 놀라며 감격해했다.

"아이고, 역시 아들이로구나!"

얼마 만에 어머니의 환한 얼굴을 본지 모른다. 어슴푸레한 등불에 반사된 자반고등어 껍질에서도 광이 났다.

가난한 살림이라 해도 차례만큼은 지내야 한다. 설은 며칠에 걸쳐 차례상에 올릴 음식들을 푸짐하게 장만하는 게 제격이다. 한 해 동안 식구들이 함께 즐길 수 있는 몇 안 되는 날이기도 하다. 이제 그런 명절은 꿈같은 얘기다. 이 궁핍한 시절을 어떻게 견뎌내면 좋을지 고민하다가 저녁 밥 숟가락을 놓자마자 잠들어 버렸다.

다음날 눈을 떠보니 할아버지가 누워계신 옆방에서 동생들의 왁자지껄한 소리가 들렸다. 어머니가 끓인 더운물로 동생들이 할아버지의 얼굴을 닦아 드리고 있는 모양이었다. 설날이니까 깨끗이 해드려야 한다느니, 여기 먼저 닦아 드려야 한다느니 하며 재잘거렸다. 이불 속에서 동생들의 들뜬 목소리를 들으니 설맞이 기분이 들었다. 일어나 마당으로 나갔다. 갓 떠오른 큼직한 태양이 온 동네를 비추고 있었다. 군데군데 떨어져 있는 집들을 내려다봤다. 막걸리가 적발되거나 우리 집처럼 담배가 걸린 집도 있고 고리대금업자의 빚 독촉에 못 견뎌 야반도주한 빈집도 있다. 아무런 상처도 없는 집은 몇 집이나 될런지 앞으로 동네의 운명이 어떻게 될런지 가늠할 길이 없었다.

제사 준비를 해야 했다. 먼저 제단을 차리러 방으로 들어갔다. 선반에 놓인 채 먼지로 덮여 있는 상자 안에는 조상님들의 위패가 들어있다. 다 꺼내 상 위에 나란히 세웠다. 이는 할아버지가 건강하셨을 때 도맡았던 일인데 이제는 그 역할을 기대할 수 없다. 제사 음식을 올리는 순서와 예법은 까다롭고 엄격한 유교 의식에 따라야 했다. 그러나 이제 그런 것은 그다지 중요한 일이 아니다. 그래도 먼지만큼은 깨끗이 닦아 가지런히 세워 놨다. 어머니가 음식을 차리기 시작했다. 밥이며 국, 어젯밤 쪄놓은 수수떡에 자반고등어구이, 마른 대추에 나물들까지 갖추었지만 아무래도 가장 중요한 밥이 좀 이상해 보였다.

"어머니, 이 밥은 뭐예요?"

"찐 감자를 잘게 으깨 밥처럼 보이게 담아 봤어."

"그래도 이건 아니지. 조상님 혼령을 속인다고 벌 받겠어요."

"그럼 어떻게 해. 집에 쌀이 없는 걸. 거무튀튀한 조밥을 올리는 것보다는 낫지 않겠어?"

결국 어머니의 뜻에 못 이겨 감자밥을 상에 올리고 차례를 지냈다.

세상이 어떻게 돌아가든 하늘은 연일 맑았다. 동네 사람들은 모든 행사를 양력 대신 음력에 맞춰 치렀다. 설빔을 차려 입은 아이들의 모습이 드문드문 보였다. 사오일 정도 지나자 그런 명절 분위기도 싹 가셨다. 올해는 곱게 차려 입은 여인들의 모습도 정장을 차려 입은 남정네의 모습도 찾아볼 수 없이 설이 지나갔다.

명절 느낌이 다 사라진 어느 날, 추위도 누그러지고 낮 동안은 햇살이 따뜻했다. 날씨가 포근하니 시장은 손님들로 북적거렸다. 별안간 날카로운 비명 소리가 들렸다. 활기 있던 분위기가 순식간에 어수선해졌다. 무슨 일이 벌어진 건지 궁금했지만 일단 지켜봤다. 눈 앞에서 벌어지고 있는 일이 현실인가 싶었다. 관리처럼 보이는 사내 몇 명이 시커먼 먹물이 든 양동이와 솔을 들고 다니며 흰 바지저고리, 흰 치마저고리를 입은 사람들에게 막무가내로 칠하고 있었다. 애 어른 할 것 없이 먹물 묻은 솔을 닥치는 대로 마구 문질러댔다. 먹물이 뚝뚝 떨어지는 큰 솔을 높이 쳐들고 휘둘러대는 사내도 있었다. 그들은 겁을 먹고 비명을 지르며 도망치는 사람들을 보고 재미있는 듯 낄낄댔다.

이번에는 솔잎장수들이 모여 있는 쪽으로 다가왔다. 나는 도망치지 않았다. 그래봤자 더 비참해지기만 할 뿐이다. 가만히 서 있으니 그들은 등짝에도, 배에도 가차 없이 먹칠을 하고 지나갔다. 순식간에 시궁창 구정물을 뒤집어쓴 것 마냥 온몸이 시꺼멓게 되어버렸다. 지저분해진 꼬락서니에 참을 수 없는 모멸감이 올라왔다. 더할 수 없이 참담했다.

한동안 동화정책을 편다는 소문이 있었다. 정책이라고 내세우긴 했지만 조선인의 풍습까지 일본인 시늉을 내도록 하는 꼼수였다. 읍내 입구나 관청 앞 게시판에 전단지가 붙어 있는 것을 본 적이 있다. 거기에는 조선말이나 일본말로 '일선동화론'이니, '색깔옷 운동'이니, '일본말 쓰기 운동'이니 하는 것들이 쓰여 있었지만 그것들은 단지 선전 문구에 불과하다고 생각했었다. 기습적인 이런 짓은 상상도 못했다.

'아무리 그래봤자 색깔 있는 옷을 입는다고 조선 사람이 일본 사람으로 된단 말인가?'

어림 반 푼어치도 없는 말이다. 더럽혀진 꼴을 보고 있자니 그저 우습기만 했다. 이것은 결코 다 큰 어른들이 할 짓이 아니었다. 심술궂은 아이가 떼를 부리며 친 장난에 휘말려든 것 같은 기분이었다. 분별없는 장난질은 다음날도 그 다음날도 계속되었다. 사거리나 주요 도로 곳곳에 솔과 양동이를 든 관리들이 지켜서 있었다. 하얀 조선의 바지저고리를 차려입고 외출도 못하게 된 것이다. 개중에는 급히 검정색으로 물을 들여 입은 사람도 있었지만 대부분은 검정 칠로 얼룩진 옷을 그대로 입고 다녔다. 어머니도 옷을 염색하자고 했지만 나는 완강히 거부했다. 많은 사람이 그대로 입고 다니는 게 오히려 관리들에게 저항하는 것으로 보일 수 있을 것 같았다.

솔잎을 팔고 돌아오는 길이었다. 외곽으로 나오자 그날도 여러 명의 관리들이 솔을 들고 길가에 서 있었다. 그 앞을 지나갔다. 관리 중 하나가 나에게 다가와 큰소리로 말했다.

"너는 아직 흰 부분이 남아 있구나. 이건 덤이다, 덤!"

며칠 전 칠해진 검정 물이 말라붙어 거무죽죽한 얼룩무늬가 된 그 위에 다시 덧칠을 해대는 것이었다. 가만히 서 있는 게 지루했는지 사람이 눈에 띄는 족족 이 짓을 하는 것 같았다. 솔을 들고 있는 관리들은 모두 조선인이었다. 색깔옷 운동이라는 명분으로 임시 고용되었다고 들었다.

'이 일이 없어지면 저들도 그날로 다 잘리겠지.'

읍내에서 좀 떨어진 산기슭 흙길을 걷고 있을 때였다. 남루한 식당 앞을 지나려는데 안에서 큰 소리로 누군가 나를 불렀다.

"순덕아! 순덕아!"

친근한 목소리였다. 소리를 따라 식당 안을 들여다보니 나보다 다섯 살 정도 나이가 많은 선배였다. 그는 직접 개를 잡아 주변 음식점에 팔러 다녔는데 사람들로부터 개장수라고 업신여김을 받고 있어서 썩 반갑지는 않은 선배였다. 하지만 같이 사립 보통학교에 다닐 때에 신세를 많이 졌었다. 외우는 걸 잘 못해 쩔쩔매는 나에게 선생님을 대신해 이것저것 가르쳐 줬었다. 그 후 그는 공립 보통학교까지 졸업했고 나름대로 공부도 잘했는데 무슨 연유인지 남들이 꺼리는 개를 잡아 파는 사람이 되어 있었다. 오늘은 상당히 술에 취해 있는 것 같았다. 선배는 마시고 있던 막걸리가 담긴 큰 사발을 들고 나오더니 나에게 내밀었다.

"순덕아, 한 모금 마시고 가렴. 몸이 따뜻해질 거야."

마지못해 받아들고 한 모금 들이켰다. 그것을 보고 만족스러웠는지 그는 상 위에 놓인 먹다 남은 개고기도 한 점을 들고 나와 권했다. 입구에 선 채 손으로 받아 날름 입에 털어 넣었다. 입을 닦으며 돌아서려는데 문득 사람들이 했던 말이 떠올랐다. 솔잎을 팔러 갔던 어느 식당에서 그에 대해 말하고 있었는데 개를 잡는 기술이 상당히 뛰어나다는 것이었다. 그가 잡은 고기는 비린내도 없고 맛은 물론 씹는 감촉도 좋을 뿐더러 개 도살하는 데는 그보다 나은 사람이 없을 거라고까지 했었다. 술과 고기를 대접 받았으니 겉치레 인사라도 한마디 해야 할 것 같았다.

"선배에 대해 사람들이 엄청 좋게 말하던데요. 뭐니 뭐니 해도 개고기는 선배 고기가 제일이라고요. 들개라도 보게 되면 꼭 잡아서 갖다 드릴게요."

그러자 그는 몸을 앞으로 쑥 내밀었다.

"나도 공짜로 달라고는 안 해. 이제부터 봄철까지는 들개들이 산새나 꿩의 알을 노리느라 산에서 어슬렁거리거든. 솔잎 모으러 다니다 보면 아마 자주 눈에 띌 거야. 그걸 잡아 오렴. 고기 판 돈은 똑같이 반으로 나눌 테니까. 자네 아버지는 아직 옥중에 계시지? 밀조주 벌금 정도야 벌지 않겠어? 아무튼 잘 해보자고."

그가 진지하게 말했다. 잠시 멍하니 들으며 대꾸할 말을 찾지 못했다. 앞으로는 가끔 만나자는 약속만 하고 겨우 그곳을 빠져나왔다.

안 마시던 술을 갑자기 마시니 취기가 올라왔다. 둥둥 떠다니는 듯 발걸음이 가벼웠다. 생각해보니 개잡는 사람이나 솔잎 파는 사람이나 세상 사람들로부터 업신여김 받는 건 매한가지였다. 다른 점이 한 가지 있다면 발 빠른 들개를 잡기 위해서는 상당한 훈련이 필요할 것이다. 도살 방법도 고기를 파는 방법도 잘 알아야 될 거고. 그에 비해 솔잎장수는 산에 떨어져 있는 솔잎을 긁어모아다 시장으로 실어 나르는 게 전부다. 돈벌이를 위해 개를 잡는 사람 몇몇을 알고 있지만 그들 중 부자가 됐다는 사람은 한 명도 못 봤다. 그걸 증명하듯 제법 뛰어나다는 평판을 듣고 있는 선배 역시 초라한 모습 그대로였다.

'아버지를 감옥에서 빼내오는 돈쯤이야 금방이라도 벌 수 있을 것처럼 말했지만 과연 그리 쉬울까?'

곧이곧대로 개장수 제자가 될 마음은 없었다.

개 잡는 얘기 끝에 길을 걷다 보니 돌아다니는 개들이 자꾸 눈에 들어왔다. 뉘 집에서 키우는 개인지 들개인지는 알 수 없었지만 강변 언덕에도 골짜기 입구에도 두세 마리씩 모여 뭔가를 찾아 쿵쿵거리며 돌아다니고 있었다. 그 중에는 재산을 털려 마을을 떠난 사람들이 버리고 간 개도 있을 법하다. 우리 동네에서도 집을 떠나며 기르던 똑똑하고 용맹스러운 검둥이를 그냥 버리고 가지 않았던가. 그런 생각을 하니 개의 운명도 인간과 처지가 비슷한 것 같다. 그런 개를 잡아 돈벌이를 해야 한다면 처참한 기분일 것이다. 그럴 배짱도 없는 스스로를 한심해하며 집으로 돌아왔다.

정월대보름이 지나면서 추위가 누그러지더니 연일 화창하고 온화한 날씨가 이어졌다. 지붕이 없는 시장 바닥은 겨우내 얼어붙었던 길이 녹아 거무죽죽한 진흙탕으로 뒤덮여 버렸다. 주변 풍경도 순식간에 변해갔다. 하얀 치마, 저고리 차림은 어디에서도 찾아볼 수 없다. 진흙으로 뒤범벅된 길이며, 색깔옷 운동으로 더럽혀진 사람들의 옷이며, 날이 갈수록 초라한 모습뿐이었다. 이런 날들이 언제까지 지속될런지 불안한 마음에 침울했다.

멀리서 기모노 차림에 게타를 신은 일본 부인이 걸어오고 있었다. 지난번 대나무 불쏘시개를 고쳐준 이후 보름에 한 번씩 솔잎을 가져다주기로 했다. 며칠 전 부인의 집에 다녀왔는데 오늘은 뭐라도 사러 왔나 싶어 고개 숙여 인사를 했다. 그녀는 걸음을 멈추고 나를 쳐다보며 능숙한 조선말로 말했다.

"오늘은 자네에게 볼일이 있어서 왔네. 저기 제방 아래 목장이 있는 거 알지? 거기 배달 다니던 솔잎장수가 갑자기 안 오게 되어 곤란하다고 하더군. 자네를 소개해 놨으니 서둘러 가보게."

하늘에서 떡이라도 떨어진 듯 반가운 말이었다.

낙동강 제방 아래 일본인이 경영하는 큰 목장이 있다는 말은 들어서 알고 있었지만 가본 적은 없었다. 솔잎을 얼른 짊어지고 시장을 나와 성큼성큼 목장을 향해 걸었다. 입구에 '대일본제국 육군 전용 목장'이라고 쓰인 간판이 걸려 있었다. 안으로 들어가니 종업원으로 보이는 중년 남자가 벽에 기대선 채 나를 쳐다봤다. 당연히 일본인이라고 생각해 서툰 일본말로 인사를 했다.

"곤니치와, 마쓰바오 우리니 기마시타."

コンニチハ、マツバヲウリニキマシタ。

(안녕하세요? 솔잎을 찾으신다고 해서 왔습니다.)

알고 보니까 그는 조선인이었다. 이곳은 읍내와 달리 무게를 재서 산다고 했다. 창고 앞 입구에 큰 저울이 놓여 있었다. 저울로 소의 무게도 잰다고 했다. 솔잎을 지게에서 내려 그 위에 올려놨다. 무게를 달고 나서 자루를 연 후 안에 든 솔잎의 품질까지 일일이 확인했다. 빈틈없느 일처리였다. 솔잎 값은 받았지만 시장에서 파는 값과 똑같았다. 먼 길까지 지게를 짊어지고 와야

해서 발품만 더 들고 그렇게 반길 손님은 아니었다.

　안쪽에는 마당 양편에 큰 우사가 길게 세워져 있었다. 그 우사 안에는 실하게 살진 검은 소들이 머리를 한 방향으로 두고 선 채 한 줄로 묶여 있었고, 일식집에서 일하는 사내가 큰 소 한 마리 가져오면 아버지를 감옥에서 나오게 할 방법이 있을 것이라던 말이 생각났다. 한 장소에 소들이 줄지어 있는 것은 처음 봤다. 탐나는 소가 잔뜩 있어도 나는 엄두도 낼 수 없다.

　목장에서 나오려고 할 때였다. 문 앞에 트럭 한 대가 멈추더니 몇 명의 사내들과 순사 한 명이 내렸다. 그들은 일본말로 이야기했지만 대략 내용을 알아들을 수 있었다. 어젯밤 도둑이 들어 소 한 마리가 사라졌고, 그 소를 찾으러 나갔다가 돌아오는 길인 것 같았다. 소를 찾지 못했는지 다들 분통을 터뜨리며 어쩔 줄 몰라 했다. 소도둑 이야기는 흔히 듣는데 이 목장의 소도 예외는 아닌가 보다. 이미 잃어버린 소를 트럭으로 찾아 다녀봤자 헛걸음일 거라고 생각하며 목장을 뒤로 했다.

　솔잎을 다 팔았으니 읍내로 돌아갈 이유가 없었다. 여기서는 산을 넘어 지름길로 갈 수가 있다. 목장 앞에서 비탈길을 올라 높지막한 봉우리에 올랐다. 이 길을 다니는 경우는 별로 없지만 어쩌다 이 위에서 내려다보는 경치는 말도 못하게 훌륭하다. 겨우내 얼어붙었던 얼음이 모두 녹아 풍만해진 낙동강물이 아랫마을을 굽이굽이 돌며 도도히 흐르고 있었다. 발 아래로 펼쳐진 시가지도 고요한 오후를 보내고 있었다. 시장에서 붐비던 손님들도, 손님을 부르는 상인들의 외침도 멀고 먼 딴 세상의 일인 듯했다. 솔잎을 모을 때 들려오는 솔밭의 바람 소리만 구슬프게 귓전을 올리며 스쳐갔다.

올라왔던 반대편 비탈은 북향이라 그런지 아직도 눈이 꽁꽁 얼어붙은 채 남아 있었다. 미끄럼 타듯 아래로 쭉 내려가 봤다. 언덕 중턱쯤 내려갔는데 뭔가 커다란 물체가 미끄러져 내려간 흔적이 보였다. 궁금해서 골짜기 바닥을 살폈지만 주변 나무에 가려져 아무것도 보이지 않기에 옆쪽으로 빙 돌아 내려갔다.

놀랍게도 커다란 검은 소 한 마리가 계곡 아래 가장자리에 떨어져 있지 않은가 아직 살아서 숨을 헉헉 몰아쉬고 있었다. 다리가 부러져 꼼짝을 못하는 것 같았다. 다가가자 목을 쳐들고 좌우로 흔들었다. 검은 눈알은 여전히 반짝였다. 독특한 코뚜레와 목걸이, 잘 손질된 털 결까지 근처 농가에서 기르고 있는 소처럼 보이지는 않았다. 목장에서 나온 지 얼마 안 된 소임이 틀림없었다. 다리는 완전히 부러졌는지 네 다리 중 세 다리가 부자연스럽게 구부러져 있었다. 검은 소는 피로운 듯 신음 소리를 내며 살려 달라고 애원하듯 간절하게 나를 쳐다봤다. 불쌍했지만 괜스레 휘말려 엮이기는 싫었다. 가엾다고 물이라도 먹여주며 손이라도 댔다가는 소도둑이라고 몰릴까 싶어 슬그머니 뒤로 물러설 수밖에 없었다.

이대로 두면 소는 영락없이 죽게 되겠지 아깝다는 생각도 들었다. 소 한 마리는 가난한 살림살이에 비할 데 없이 큰 재산이다. 한몫 잡으려던 소도둑도 이런 꼴로 도둑질이 끝나버려 무척 아쉬웠겠지만 아마 방도가 없었을 것이다. 검은 소를 뒤로하고 그 골짜기를 빠져나왔다. 길은 얼마 전 선배에게 막걸리를 얻어 마셨던 식당 앞으로 이어졌다. 오늘도 그 선배는 가게 안에서 멍하게 밖을 내다보고 있었다. 선배를 불러내 조금 전 상황을 말해 주니 흥미가 당기는 듯했다. 처음에는 차분히 듣기만 하더니 결국 그곳까지 데리고 가 달라고 청했다. 내키지 않은 걸음으로 선배를 데리고 골짜기 쪽으로 다시 가 보니 소는 아직 살아 있었다. 선배는 주저하지 않고 소의 머리를 쓰다듬어 준 후 손으로 시냇물을 퍼다가 코끝을 적셔줬다. 다친 상태도 침착하게 살폈다.

"이 소, 오래 살지 못하겠네. 그런데 소도둑의 짓은 아니야. 소가 제멋대로 목장을 빠져나와 돌아다니다가 미끄러져 떨어진 듯하네. 일본인들은 뭐든지 없어지면 다 조선 사람들이 훔쳐갔다고 하지만 밑도 끝도 없이 의심하는 것이야말로 잘못된 일이지."

소를 계속 쓰다듬으며 선배는 한바탕 푸념을 터트렸다. 일본어 공부도 꽤 했던 그이지만 일본 사람 비위를 맞추거나 고분고분

따르지 않아 제대로 된 일자리를 찾지 못한 것 같았다. 그러다 결국 개장수가 되어 버린 남모를 한스러움도 있을 것이다. 이럴 때 저절로 불만이 터져 나오는 건 당연한 일이었다.

그의 말을 듣고 보니 목장에는 소를 돌보는 사람이 많은데 아무리 생각이 없는 사람이라도 이런 곳까지 소를 끌고 와 미끄러져 떨어지도록 내버려 두지는 않을 것이다. 목장 앞 언덕은 남향이라 파란 싹들이 돋아나기 시작했다. 소가 그 풀을 뜯어 먹으려고 무리에서 빠져 나온 걸 아무도 알아채지 못한 것 같다. 상황을 따져 보지도 않은 채 무조건 소도둑이 훔쳐 갔다고 단정 짓고 여기저기 혈안이 되어 찾아다닌들 소가 찾아질 리 있겠는가. 못 찾는 게 당연한 일이었다. 선배는 자신의 생각이 확실할 거라고 강조하듯 말했다.

"잘 보게. 코뚜레도 목걸이도 달려 있는데 가장 중요한 줄이 매여 있지 않잖아. 줄도 없이 어찌 소를 끌고 나왔겠어. 설마 소도둑이 줄만 갖고 갔을 리는 만무하고. 이렇게 증거가 버젓이 있어도 일본 사람들한테는 통하지 않지. 누구든지 자기 실수를 인정하기는 어렵겠지만 특히 조선인 앞에서라면 일본인은 절대 인정 안 하거든. 친절한 마음으로 신고를 한다 해도 끝내 이쪽이 소도둑으로 몰려 경찰서에서 취조당할 게 불 보듯 뻔해."

어디 하나 틀린 말이 없었다. 까딱 잘못했다간 둘 다 소도둑으로 몰려버릴 위험이 컸다. 소는 여전히 헉헉거리며 신음 소리를 내고 있었다. 차가운 계곡의 바람이 세차게 온몸에 부딪혔다. 그때였다. 팔짱을 끼고 곰곰이 생각하던 선배가 마침내 결심을 굳힌 모양이었다.

"아무리 생각해도 이대로 내버려 두는 건 잔혹한 일이야. 하늘이 준 선물이라 생각하고 우리가 받아가기로 하자. 지금 도살하면 고기를 먹을 수도 있고 팔 수도 있어. 어차피 살지 못할 소를 계속 고통스럽게 놔두는 게 더 못할 짓이야. 나는 남들이 뭐라 해도 뒤지지 않는 나만의 도살 기술이 있어. 소를 그냥 이대로 두는 건 내가 하는 일의 도리에도 어긋나는 거지. 기다리게. 도구 좀 갖고 올 테니."

선배는 말을 마치자마자 식당으로 달려갔다.

저녁때가 다가오고 있었다. 어디선가 까마귀들이 날아와 멀지 않은 솔밭 위에 떼를 지어 앉았다. 골짜기 주변도 그늘이 짙어졌다. 선배가 무언가를 지게에 한보따리 싣고 돌아왔다. 무엇을 그렇게 많이 가져왔나 싶어 찬찬히 살펴봤다. 각종 연장은 물론 고기를 담아 옮길 봉지에 짚과 가마니까지 챙겨 왔다. 선배답게 준비가 철저했다.

연장들을 한군데에 가지런히 꺼내 놓더니 그 중에서 긴 자루가 달린 도살용 도끼 같은 것을 손에 쥐고 소에게로 다가갔다. 망설임 없이 한순간에 소의 이마 한복판을 찍어 내렸다. 소가 경련을 일으키는 사이 날렵하게 칼로 목의 아랫부분을 베어냈다. 순간 엄청난 피가 솟구쳐 올랐다. 소가 숨을 거두는 데 일분도 채 안 걸렸다.

선배는 능숙한 솜씨로 다음 일을 착착 처리했다. 그 모습을 물끄러미 바라보다 도와주고 싶은 마음이 일었다. 용기를 내어 부탁을 해봤다.

"저...뭘 좀 도와드리고 싶은데요?"

"그래? 그럼 먼저 꺼내 놓은 내장 처리부터 해보겠나?"

마침 아래쪽 냇가에 눈 녹은 물이 찰찰 흐르고 있었다. 선배가 시키는 대로 그 물에 내장의 오물을 깨끗이 씻어낸 후 짚으로 짠 가마니 위에 올려놨다. 내가 거들 수 있는 일은 이 정도에 불과했다.

그새 날이 저물어 주변이 컴컴해졌다. 불을 켜지 않고서는 더 이상 일을 할 수가 없었다. 선배는 잘라낸 고깃덩어리를 가지고 온 봉지에 담고 나서 짐을 싸기 시작했다.

"멍하게 보고 있지 말고 자네도 어서 내장을 봉지에 담아 지게에 싣게. 오늘은 이것으로 끝내자고. 남은 것은 내일 가지러 오면 되니까."

어차피 둘이 지게로 실어 나르기에는 내용물이 많았다. 남은 고기를 이대로 두고 가도 될까 싶었지만 선배는 빈틈이 없었다. 들개에게 뺏기지 않도록 고깃덩이를 벗겨낸 소가죽 안에 담아 새끼줄로 몇 번이나 단단히 죄어 묶어 놓았다.

해가 넘어가자 금방 추워졌다. 고기 담은 자루를 지게에 싣고 골짜기를 내려왔다. 선배는 길을 가로질러 한참을 걷더니 수풀 속으로 들어갔다. 한 번도 가본 적은 없지만 어딘지 대충은 짐작이 갔다. 뒤따라 걷는데 지게에 실린 고기의 무게가 온몸을 짓눌러 욱신거렸다. 지게 끈이 어깨를 파고 들어가 쓰라렸다. 얼마쯤 더 걷자 선배가 멈춰 섰다.

"다 왔어."

달이 떠올라 주위가 환했다. 주변을 둘러봐도 집 같은 것은 없었다. 그저 숲으로 둘러싸여 있을 뿐이었다. 눈을 가늘게 뜨고 자세히 살펴보니 집이라고 해야 할까 싶은 거처가 하나 보였다. 덤불 옆에 다 쓰러져가는 오두막 비슷한 것의 입구가 있었다.

선배는 여전히 지게를 짊어지고 있었다. 잠시 멈췄던 걸음을 다시 옮기기 시작했다. 나는 영문도 모르고 그저 선배의 뒤를 따라갈 따름이었다. 이번에는 숲 안쪽으로 들어가 가장자리에 서더니 그제서야 지게를 내려놨다.

"여기에 얼음 창고를 만들어 놨어. 개고기를 저장하는 곳이야. 흙을 파내 굴을 만들기까지 1년이나 걸렸다네. 아무에게나 보여

주지 않는 비밀 장소인데 자네한테만 알려주는 걸세."

선배는 큰 바위 뒤편으로 다가가 거기서부터 이어진 굴 안쪽으로 들어갔다. 굳게 닫힌 문을 열더니 입구에 놓여 있는 기름 접지 심지에 불을 붙였다. 굴 안은 사람도 살 수 있을 만큼 넓었다. 굵은 원목 몇 그루를 눕혀 만든 선반 위에는 커다란 얼음 덩어리가 수북했고 그 아래에 개고기가 매달려 있었다. 더 안쪽에는 삼복더위에도 녹지 않는다는 얼음 보관고까지 있었다. 그곳에도 왕겨로 덮어 놓은 얼음들이 꽉 차 있었다. 창고 안의 냉기가 온몸으로 스며들었다. 여기라면 얼마든지 고기를 갖다 놔도 상할 걱정은 없어 보였다.

지고 온 쇠고기도 개고기처럼 새끼줄에 묶어 매달았다. 작업은 빨리 끝났다. 선배는 갖고 있던 칼로 내장 중에서 간을 한 덩어리 쓰윽 베어냈다.

"이건 가난뱅이들은 구경하기 힘든 진미라네. 갓 잡은 소의 간을 날로 먹어본 적 없지? 지금부터 솜씨 한번 부려 봄세. 오늘이야말로 구이며, 국이며 실컷 먹어 보게."

배가 고팠던 참이라 말만 들어도 군침이 돌았다. 선배는 이 부위 저 부위에서 살점을 조금씩 베어낸 후 초라한 거처로 들어갔다. 다 허물어져 가는 오두막이었지만 안으로 들어가 등잔불을 밝히니 생각보다 괜찮았다. 방도 부엌도 있고 갖가지 식기에 여러 가지 가구들까지 갖춰져 있었다. 두세 명 정도는 충분히 살 만해 보였다.

선배는 밖에서 장작을 들고 오더니 아궁이에 불을 지폈다. 불살이 세게 타오르자 얼었던 몸이 녹아내리는 듯했다. 선배는 서둘러 조리를 시작했다. 맨 먼저 간은 날 것 그대로 얇게 저며 접시에 담았다. 선배가 시키는 대로 소금만 살짝 뿌려 한 점 먹어 봤다. 고소한 기름기가 입안 가득 번지며 살점이 살살 녹았다. 그 야말로 진미였다. 맛있다는 게 이런 거구나 싶었다.

부뚜막에 솥뚜껑을 올려놓고 숯불에 고기를 구웠다. 냄비에 국도 끓였다. 그 사이 불 위에 올려놓은 항아리에서 떠온 막걸리가 마시기 좋게 덥혀졌다. 그걸 한 모금 들이킨 후 구운 고기를 입에 넣은 선배가 무릎을 탁 치며 말했다.

"이야, 이 고기 정말 맛있구나. 역시 대일본제국 육군에 납품하는 고기답다! 내일 거래하는 고기 집과 식당에 도매로 갖다 주면 다들 엄청 좋아하겠네."

선배는 연거푸 고기 맛에 감탄하며 기뻐했다. 선배 머릿속에 어떤 생각들이 들어있는지 도무지 짐작이 안 갔다.

'유복한 농가의 아들로 교육도 많이 받은 이 선배는 언제까지 개장수 일을 할 셈일까?'

고기를 다루는 솜씨에 잘 지어 놓은 얼음 창고, 그걸로 미루어

보아 개장수를 그만둘 생각은 손톱만큼도 없을지도 조선인에게는 이제 흰 치마저고리, 바지저고리를 입을 수도 조선말을 쓸 수도 없는 날들이 코앞으로 닥쳐오고 있다. 어쩌면 이렇게 사는 게 더 나을지도 모르겠다는 생각이 스쳤다. 그렇게라도 생각하지 않을 수 없었다.

5

모처럼 쇠고기를 실컷 먹고 나도 모르게 곯아떨어져 버렸다. 다음날 아침에 눈을 떠보니 선배가 안 보였다. 간밤에 먹었던 음식 그릇들만 여기저기 굴러다녔다. 일어나 밖으로 나가 봤다. 숲 속에 한 채뿐인 집이라 사방이 정말 조용했다. 나무들 사이로 보이는 청명한 동쪽 하늘에는 눈부신 아침 햇살이 산봉우리들을 비추고 있었다.

흩어져 있는 그릇들을 챙겨 근처 시냇가로 설거지를 하러 가려는데 선배가 고기를 한가득 짊어지고 돌아왔다. 어젯밤 골짜기에 남겨 놓고 온 쇠고기를 날이 밝기 전에 혼자 나른 모양이었다. 잠에 빠져있느라 기척도 못 들었다. 방금 가져온 것들이 마지막이라고 하며 선배는 고깃덩어리들을 저장고로 옮겼다. 다른 사람 눈에 띌까 싶어 이른 아침부터 서두른 걸 텐데 얼마나 고됐는지 지친 걸음걸이에 안색은 창백했다.

그러면서도 손에 묻은 핏기를 씻고 나서 쌀을 안쳐 아침밥을 준비하기 시작했다. 개 잡는 사람이라고 사람들이 비록 얕보지만 먹는 것만은 남부럽지 않은 듯했다. 보통 때는 눈을 씻고 봐도 찾을 수 없는 하얀 쌀밥이었다. 어젯밤 먹은 고기로 배가 꺼지지 않았지만 애써 차려준 밥상이니 억지로라도 꿀꺽꿀꺽 삼켰다. 숟가락을 내려놓으니 배가 불러 숨쉬기조차 힘들었다. 아무리 호화로운 진수성찬이라도 이 정도에 이르면 곤란해지니 얄궂은 일이다.

그렇게 선배하고 헤어졌다. 집까지는 불과 2리 정도밖에 안 된다. 매일 다니는 길이었지만 유난히 멀게 느껴졌다. 배가 불러 느릿느릿 걷다 멈춰 쉬고 냇가에 앉아 쉬며 고갯길을 넘다 보니 정오가 다 되어서야 겨우 집에 도착했다. 어제는 무단 외박을 해버렸다. 걱정을 많이 했는지 어머니는 나를 보자마자 화를 냈다. 품값으로 선배에게 받아온 큼지막한 쇠고기를 건네주자 이번에는 놀라서 말을 잇지 못했다. 개장수 선배가 몰래 소 잡는 것을 도와줬단 말은 차마 할 수 없었다.

그로부터 닷새가 지난 후였다. 저녁이 되어서야 솔잎을 모두 팔고 시장을 나왔다. 근처 넓은 마당에 때때로 열리는 소시장이 선 것 같았다. 거간꾼들이 소 몇 마리를 끌고 걸어가고 있었다. 목장에 있던 소들처럼 고급 사료를 먹여 탱탱하게 살진 소는 아니었지만 그와 비슷한 검은 소도 섞여 있었다. 장사가 잘 되지 않았는지 뭐라고들 구시렁거리고 있었다. 겨우겨우 열린 소시장이었는데 경관대의 임시 검문 때문에 만족스런 거래가 안 이루어져 투덜대는 것이었다. 마을 외곽 일본인 목장에서 도둑맞은 소를 찾기 위한 검문이라며 핏대를 세웠지만 결국 찾지 못했다고 하면서. 당연한 일이다. 그 소는 도둑맞은 게 아니라 제 발로 빠져나왔다가 골짜기 아래로 떨어져 죽음을 맞이했으니까. 그 고기는 나도 얻어먹었고, 개장수 선배가 이미 읍내의 고기 집과 식당에 다 팔아넘겼으니까. 넓은 목장에서 키우고 있는 소떼 중 한 마리를 지금까지 찾아다니는 집요함이 괴이쩍을 뿐 이제 와서 그런 것은 상관없다고 생각하며 읍내를 빠져 나왔다.

요 며칠 포근한 바람과 따사로운 햇볕 덕분인지 버드나무 가지에 새순이 돋아나기 시작했다. 올해만큼 봄을 손꼽아 기다린 적도 없다. 작년 가을, 막걸리 적발로 옥에 갇힌 아버지가 늦어도 봄에는 나올 수 있을 거란 말이 들려왔기 때문이다. 비록 얼마 안 되는 밭이지만 수수와 콩, 조와 감자 등 이런 저런 농작물로 식구들이 허기를 달랬다. 봄이 오면 밭을 갈아 씨 뿌릴 채비를 해야 한다. 그때까지 아버지가 부디 석방되기만을 빌고 있다.

동네 근처 고개를 넘고 있는데 아래 골짜기에서 연기가 피어오르고 있었다. 오후시간 그런 곳에 사람이 있을 리가 없는데 무슨 일인가 싶어 발걸음을 멈췄다. 이곳은 울창한 소나무 숲이 우거져 찾는 이들이 거의 없지만 나에게는 솔잎을 모으는 중요한 장소이다. 산불이라도 나면 큰일이다 싶어 골짜기를 내려다 봤다. 한참을 지켜봐도 불길이 번지는 모습은 보이지 않았다. 연기만 고요하게 계속 피어오르고 있었다. 연기의 정체가 무엇인지 신경이 쓰여 그냥 지나칠 수가 없었다. 날랜 걸음으로 내려갔다.

냇가 큰 바위 뒤편에 사람이 한 명 서 있었다. 그 바위 아래쪽에는 짐승이 드나들 정도로 큰 구멍이 나 있는데 호랑이 집이라고 불리는 곳이었다. 그가 누구인지 궁금해하며 다가갔다. 그쪽도 기척을 느꼈는지 이쪽을 돌아봤다. 처음 보는 사람이라 긴장되고 더욱 놀랐다. 게다가 그의 얼굴이 예사롭지 않았다. 얼굴 반쪽은 짓무른 흔적의 상처와 흉터로 가득했다. 눈꼬리도 콧날도 뭉개져 본래 생김새를 알아보기 어려울 정도였다. 가끔씩 밥을 얻으러 오는 나병 환자인 것 같았다. 서른 즈음 보이는 그에게 묘한 분위기가 느껴져 말을 걸어 봤다.

"이런 곳에서 뭘 하세요?"

"사흘 전부터 여기서 살기 시작했소. 자네는 이 동네 사람인가? 잘 부탁함세."

"그러세요? 이 숲 속에서 사시려고요? 근데 어디서 오셨어요?"

"어디서 왔냐고? 나병 환자에게 사는 곳은 묻지 않는 법이라오. 자네는 아직 나이가 어리구먼. 난 그저 여기저기 떠돌아다니는 정처 없는 신세니까. 특히나 고향은 아무에게도 말하지 않는 게 우리네 법도라오."

"어째서 그런가요?"

"나병 환자가 생긴 게 고향의 자랑거리는 못되지 않소. 가족은 물론이거니와 친척이나 동네 사람들에 대한 의리라고나 할까."

"이 동네도 그리 살 만한 곳은 아니에요. 전부 가난한 사람들뿐이라 뭐라도 얻으러 가면 밥 한술 베풀 수 있는 집이 아마 한 채도 없을 걸요."

"이보오, 나는 거지가 아니라 약초꾼이라오. 저기 좀 보게나. 저기 물가에 말려 놓은 거 말이오. 저 약초를 캐러 이곳까지 왔다오."

나병 환자라면 다들 거지인 줄로만 알았는데 그의 말은 의외였다. 그가 가리킨 개울가에는 그의 말대로 오후 햇살에 잘 마른 풀뿌리 같은 게 자갈 위에 널려 있었다. 이 산은 나의 앞마당과도 같은 곳이다. 이곳에 약으로 쓸 만한 풀들이 자라고 있을 거라는 생각은 해본 적이 없었다. 그가 약초꾼이라는 것도 놀라웠다.

그는 호랑이 집 동굴을 거처로 삼고 있었다. 주변 틈 사이사이는 나뭇가지나 마른 풀로 둘러져 있었다. 슬쩍 안을 엿보니 깔아

놓은 멍석 위에 지저분한 이불도 한 채 있었다. 부뚜막은 동굴 바로 아래편 흐르는 시냇가 모래밭에 자리를 잡았다. 냄비에서 뭔가가 보글보글 끓고 있었다. 고개 위에서 보이던 연기의 정체가 바로 이 끓는 냄비였다는 것을 알아차릴 수 있었다.

그의 차림새는 남들과 크게 다르지 않았다. 한 가지 다른 게 있다면 머리에 천을 감은 것이었다. 그 천으로 짓무른 얼굴을 가려서 감추는 것 같았다. 연 초부터 시작된 색깔옷 운동은 봄이 되어서도 끝나지 않고 있다. 그의 옷에도 시커먼 먹물 자국이 얼룩져 있었다. 머리에 감은 천까지도 검정 칠 범벅이었다. 하얗게 보이면 작은 헝겊 쪼가리조차 검게 칠해 버릴 심산인 듯했다. 그렇다고 해도 나병 환자에게까지 검정 칠을 해댄 관리들의 무자비하고 인정머리 없는 태도에 이루 말할 수 없는 비정함이 느껴졌다.

무심코 볼 때는 몰랐는데 그의 병이 악화되고 있는 것 같았다. 두 손의 손가락도 심하게 문드러져 있었고 왼손 손가락 두 개는 이미 없었다. 그 불편한 손으로 어떻게 약초를 캘 수 있나 싶어 물어봤다.

"약초는 어떤 곳에서 자라요? 캐려면 힘드시겠어요."

"여러 군데서 자라지. 이런 곳에서 캐는 건 간단하네. 자네에게도 가르쳐 줌세. 이 근처 산에서는 얼마든지 찾을 수 있거든. 읍내 약방에 가져가 팔면 웬만한 용돈벌이는 될 걸세."

그가 작은 괭이를 들고 나왔다. 머뭇거리지 않고 발아래 비탈에서 자라고 있는 풀을 뿌리째 캐기 시작했다. 봄철 사방에서 볼 수 있는 대수롭지 않은 들꽃이었다. 그게 어떻게 약으로 쓰이는지 궁금했다.

"이거 그냥 풀 아니에요?"

"그렇지. 황련이라고 하는데 위장약으로도 쓰인다오."

멈추지 않고 풀을 캐더니 두 손으로 풀뿌리에 묻은 흙을 털어내며 대답을 했다. 남은 손가락들은 모두 움직일 수 있는 것 같았다. 괭이질도 손가락 열 개 있는 사람과 다를 바 없었다.

수입이 얼마나 될지는 모르지만 그는 햇볕에 말린 것들을 거둬 길이를 맞춰 자른 다음 다발로 묶었다. 거처로 삼고 있는 어두운 굴 안에서 이미 그렇게 만들어 논 것들을 일부러 들고 나와 보여주기까지 했다. 작은 다발들이었지만 깨끗이 씻어 말린 후 덩굴 줄기로 묶어 놓은 것들이었다. 한약방에서 이런 것들을 볼 수 있었다.

건강한 사람이라도 약초꾼이 되기는 어렵다고 들었다. 그는 관련 공부를 꽤 했을 것이다. 게다가 불편한 손이라 연장을 사용하고 약초 다루는 연습도 어지간히 반복해야 했을 것이다. 아무리 애를 쓰며 살아도 나병환자는 고향 근처에 얼씬도 못하는 신세다. 자신이 나고 자란 곳조차 말 못하고 살아야 하는 처지가 참으로 혹독했다. 그 비참함에 손발이 오그라드는 것만 같았다.

차차 어스름해지기 시작했다. 곧 골짜기도 컴컴해질 텐데 이런 곳에서 쓸쓸하게 혼자 살겠다고 하니 안타까운 마음에 물어봤다.

"이 동굴은 호랑이 굴이라고 불리는데요, 한밤중에 정말 호랑이라도 나타나면 어쩔 셈이세요?"

"호랑이도 나병환자는 싫어할 거요. 제 아무리 호랑이라도 내 몸에서 나는 냄새만 맡으면 알아서 도망치지 않을까 싶네만."

농담 반 진담 반으로 하는 대답에 가슴이 저렸다. 근처 산에 호랑이가 전혀 없는 것은 아니었다. 작년 여름에도 아이가 한 명 물려가 잡혀 먹혔다고 했다. 특히 호랑이들이 자주 출몰하는 여름철에는 아이들이 산에서 놀지 못하도록 철저히 단속을 했다. 당시 '살인 호랑이를 주의합시다'라고 쓰인 전단지가 곳곳에 붙었고 호랑이 이야기로 동네가 떠들썩했었다. 이대로 헤어지기가 왠지 아쉬워 쉬이 발길이 떨어지지 않았다. 성씨만이라도 알고 싶었다.

"성은 뭐예요? 그 정도는 가르쳐 주세요. 다음에 만났을 때 부를 수 있게."

하지만 그는 고개를 저었다. 그래도 싱글벙글 웃음 지으며 말했다.

"마주칠 일이 있거들랑 약초꾼이라고 불러 주게. 나는 그렇게 불리는 게 제일 좋다오."

정말 그럴까 싶었다. 끝내 성씨조차 듣지 못하고 어둠이 몰려드는 골짜기를 바삐 빠져나왔다.

봄을 알리는 가랑비가 내렸다. 해마다 이때맘 때면 마을은 식량난으로 허덕였다. 가을에 수확한 쌀을 세금이나 소작료로 가져가 버리는 바람에 값을 쳐주지 않는 수수와 콩, 조와 옥수수 따위로 끼니를 때울 수밖에 없었다. 그조차 이 무렵엔 집집마다 바닥을 드러내었다. 밭에 심은 보리가 자라나기만을 하염없이 기다릴 뿐이다. 목 빠지게 기다리는 그 보리가 올해는 포근해서 풍작일 성싶다. 비가 오면 솔잎을 팔러 가지 못한다. 불행 중 다행이랄까. 소중한 보리밭을 오랫동안 손보지 못하고 있던 터라 얼른 호미를 들고 김을 매러 나갔다.

아버지는 볼일이 있을 때나 없을 때나 한시도 논밭 일을 쉬지 않았다. 지금은 아버지가 없으니 그 일은 이제 나의 몫이다. 봄마다 아버지는 밭갈이도 씨뿌리기도 혼자서 했다. 내가 거들기는 했어도 혼자 해보는 것은 처음이라 뿌린 씨가 싹을 틔울지 걱정이 앞섰는데 다행히도 파릇파릇 잘 자라고 있었다. 보기만 해도 기분이 좋았다. 아버지가 안 계셔도 농사를 지을 수 있다는 자신감이 깃든 뿌듯한 기분으로 걷고 있을 때였다. 강 건너편 서당 앞에 서 있던 사내가 힘껏 손을 흔들며 큰소리로 나를 불렀다.

"순덕아!"

서당에는 하얀 수염을 길게 기른 나이든 선생님이 살고 있었다. 선생님은 젊었을 때 꽤 높은 신분이었다고 한다. 그러나 일본의 식민지가 되면서 일가는 풍비박산이 났고 가족들이 뿔뿔이 헤어지게 됐다고 한다. 홀로 이 마을에 들어와 살게 되었는데 덕망이 높은 분이라 따르는 사람들이 많이 찾아왔다. 그 가운데는 일손이 한가할 때 들러 시간을 보내는 문하생 같은 사람들도 있었다. 그들은 한문을 외우고 그럴듯한 이치를 논하기는 했지만 정작 급한 일이 벌어졌을 때 그것들은 아무 짝에도 쓸모가 없었다.

작년 가을, 관리들이 막걸리 적발을 하려고 들이닥쳐 아버지를 비롯해 동네 사람들을 마구 잡아 가는데도 다들 어디에 숨어버렸는지 누구 하나 모습을 드러내는 사람이 없었다. 나도 어릴 때 가끔 서당에서 천자문도 익히고 붓글씨 쓰는 법도 배우며 신세를 졌지만 아버지가 잡혀간 이후에는 그곳을 찾지 않게 되었다. 비도 오고 한가하니 다들 모여 있는 것 같았다. 마침 좋은 기회였다. 오랜만에 그들의 행색이라도 좀 보자 싶어 서당 쪽으로 갔다.

방 안을 둘러보니 그 자리에 앉아 계셔야 할 선생님이 보이지 않았다. 문하생들만 둘러앉아 담배를 피우거나 누워 있었다. 그 중 한 사람이 눈을 껌뻑거리며 나에게 말을 걸어왔다.

"어이, 순덕이. 솔잎 장사는 벌이가 괜찮나? 가끔 여기에 들러 얼굴이라도 좀 보이게."

"집안에서 빈둥거리는 것보다 읍내에 나가 장사라도 하면 답답한 마음이 좀 풀리니까요."

"실은 부탁하고 싶은 일이 있어 불렀네. 저 고개 아래 골짜기에 문둥이가 하나 있지? 자네는 거기를 자주 지나다니니 가는 길에 말 좀 전해주게. 강 상류에 그런 자가 살고 있으면 남들이 물도 편히 못 마시지 않나?"

"미안하지만 그런 부탁은 못 들어줘요. 그 사람은 문둥이지만 훌륭한 약초꾼이라던데요. 그런 말은 전할 수 없어요."

"그래? 그럼 할 수 없군. 자네가 말을 못한다면 모두 같이 가서 쫓아낼 수밖에."

한심했다.

'한문도 술술, 글줄깨나 읽을 줄 안다는 사람들이 왜 이리 어리석단 말인가? 정말 나병이 전염될까봐 걱정이라면 하루가 멀다 하고 마을이나 거리를 헤매며 걸식하는 나병 환자들을 다 어디로 쫓아내 버릴 셈인가? 할 수 있는 일을 찾아 살아보려고 애쓰는 나병 환자에게 그렇게까지 할 필요가 어디 있단 말인가?'

내뱉은 말 그대로 무자비한 짓을 하지는 않을 거라 여기며 뒤도 안 돌아보고 서당을 나와 보리밭으로 향했다. 가랑비를 맞으며 쪼그려 앉아 잡초를 뽑았다. 보리 줄기가 제법 굵직했다. 혼자 처음 뿌린 씨가 잘 자라줘 손꼽아 기다리고 있는 수확의 그 날을 곧 맞이할 수 있겠다는 희망에 부풀었다.

다음날에는 비가 그쳤다. 변덕스럽다는 봄 날씨 치고는 맑게 개었다. 솔잎을 짊어지고 읍내로 갔다. 시장은 손님도 뜸하고 한가했다. 날이 점차 풀리면서 솔잎 값도 겨울에 비해 반값으로 떨어졌다. 해마다 똑같은 일들이 되풀이 된다. 매상이 곤두박질치는 한여름 무더위 때도 쉬지 않고 해온 일이다. 올해도 잘 견뎌야겠다고 마음먹었다.

서당에서 들었던 말이 갑자기 떠올랐다. 나병 환자를 마을에서 쫓아내겠다는 얘기는 아무래도 꺼림칙했다. 부글부글 끓어오르는 속을 달래며 시장 안을 둘러보다가 방법 하나가 떠올랐다. 이럴 때는 일본인의 위력을 빌리는 것도 나쁘지 않을 것 같았다. 서당 안에만 틀어박혀 바깥 형편을 모르는 사람들 겁주기에는 무엇보다도 그 방법이 효과적일 것이다. 얼른 시장을 빠져나와 마음 편하게 대해 주는 유일한 일본인, 그 부인을 찾아갔다.

부인은 대나무 불쏘시개를 고쳐드린 후로 나를 만나면 허물없이 이런 저런 이야기를 들려주곤 했다. 그 집에 갈 때면 오늘은 어떤 이야기를 듣게 될까 기대가 되기도 한다. 솔잎을 팔러가는 것도 아니고 일 없이 여자 혼자 사는 집에 사내아이가 찾아가는 게 꺼려지는 면도 없지 않지만 어머니와 아들 정도의 나이차라 괘념치 않기로 했다. 게다가 부인은 결혼을 했느니 안 했느니 그런 말은 일절 해주지 않았다.

앞마당에 도착해 방을 들여다봤다. 부인은 평상시처럼 기모노를 짓느라 정신이 없었다. 근처 일본 사람들 기모노를 혼자 도맡아서 짓고 있는 양 바느질 삼매경에 빠져 있었다. 남정네 것인지, 여인네 것인지 알 수는 없었지만 검은 천 군데군데에 흰 무늬가 있는 천을 가득 펼쳐 놓고 두 손을 바삐 움직이고 있었다. 방문 앞에서 큰 소리로 인사를 건넸다.

"안녕하세요? 오늘은 부탁이 있어서 이렇게 찾아뵈었어요."

"뭔가? 솔잎은 아직 남아 있는데."

"솔잎을 팔러 온 건 아니고요, 일본 분이시니까 일본인 이름으로 증명서 한 장만 써주셨으면 해서요."

"증명서? 무슨 증명서?"

"간단히 몇 글자 적어주세요. '이 사람은 약초꾼임을 증명한다' 이렇게 쓰시고 그 아래에 아주머님 성함 그리고 도장만 찍어주시면 돼요."

"그런 걸 어디에 쓰려고 하나?"

"실은 저희 동네 주변 산에 나병 환자가 한 명 들어와서 약초를 캐며 살게 됐거든요. 그 사람이 눈에 거슬린다고 쫓아내려는 사람들이 있어서요. 그 무자비한 사람들한테 괜한 짓 하지 말라고 겁을 좀 주려고요."

"내가 증명서 써준다고 그런 효과가 있을까?"

"그건 걱정 마세요. 일본 사람 이름만 봐도 놀라 자빠지는 사람들이거든요."

정중히 부탁했지만 부인은 입을 다물고만 있었다. 잠시 후 얼굴을 들어 불쾌한 표정으로 나를 빤히 쳐다봤다. 다정한 평소의 모습은 사라지고 눈초리가 매섭게 빛났다. 예상치 못한 반응에 놀라 고개를 숙였더니 이번에는 날이 선 목소리로 말을 이어갔다.

"이보게, 그런 부탁을 내게 해도 나는 모르는 일일세. 무엇보다 사람 겁주는 일은 하기 싫어. 당장 돌아가게!"

부인이 꾸지람을 했다. 어쩔 도리가 없어 민망해하며 그냥 나올 수밖에 없었다.

오후가 지나자 해는 머리 위를 넘어 낙동강변 쪽으로 기울었다. 집을 향해 읍내 외곽의 시궁창 옆길을 터벅터벅 걸었다.

악취가 올라오는 시궁창 양편에는 민가들이 다닥다닥 들어서 있고 구석에는 아이들이 놀고 있었다. 땟국에 절어 있는 거지가 한 손에 그릇을 들고 집집을 돌며 동냥을 다니고 있었다. 그의 옷은 해져서 너덜너덜했고 머리끝부터 발끝까지 먹물을 뒤집어 쓴 듯 새카맸다. 척 봐서는 피부색도 나이도 짐작할 수가 없을 정도였다. 게다가 한쪽 다리를 약간 절면서 걸었다. 저 사람도 혹시 나병 환자가 아닐까 하는 생각이 자꾸 들었다.

동네 입구에 도착할 무렵 저녁때가 다 돼가니 오늘도 약초꾼이 살고 있는 골짜기에서는 연기가 피어오르고 있었다. 나병에 걸렸기에 거지가 되어 빌어먹는 사람도 있고 약초꾼이 되어 산 속에서 홀로 사는 사람도 있다. 양쪽 다 뭐라 말해야 좋을지 모르겠다. 사지가 멀쩡해도 자신처럼 보잘 것 없이 솔잎을 파는 사람, 감옥에 갇힌 사람, 식구가 뿔뿔이 흩어져 사는 사람도 있다. 다들 어려운 형편이라 누가 누구를 돕겠다고 나설 수도 없는 노릇이다.

'일본 아주머니도 자기 이름의 증명서를 써주면 곤란한 일이 생길 수도 있겠지. 화만 내고 사정을 차근차근 들려주지는 않았지만.'

집으로 돌아와 저녁을 먹은 직후였다. 동네 젊은이 둘이 찾아왔다. 그들도 가끔 서당을 출입하기는 하지만 둘 다 어릴 때부터 밤낮없이 논밭에서 일하는 것밖에 모르는 이들이었다. 그렇게 애써 일하는 땅도 대부분 읍내에 사는 사람이 주인이고 그들은 단지 소작농일 뿐이다. 무슨 영문인지 그 땅의 주인이 일본 사람으로 바뀌었다는 소문도 들렸다.

둘이 같이 온 이유를 물어보니 그들 역시 서당에 모여 있는 사람들에게 부추김을 받은 모양새였다. 골짜기에 머물고 있는 나병 환자를 쫓아내 달라고 했다는데 둘만으로는 불안하니 나도 같이 가 달라고 부탁을 했다.

서당 사람은 며칠 전에는 나를 부르더니 이번에는 이 둘에게도 똑같은 소리를 한 것이었다. 정 싫다면 자신들이 몰려가 쫓아내겠다고 큰소리치는 것을 곧이곧대로 들었던 내가 어수룩했다. 바보 취급을 당한 것 같았다. 나병 환자 한 명 쫓아낼 배짱도 없는 자들을 상대한 게 몹시 불쾌했다. 지금껏 서당을 동네 사람들이 글과 예절을 배우는 전당처럼 여겨왔다. 그런 곳을 파렴치한 자들이 차지하고 말았다고 생각하니 가르침이 더럽혀지는 것 같아 실망스러웠다.

둘은 문 앞에 선 채 나를 빤히 쳐다보며 대답을 기다리고 있었다. 어떻게 대답하면 좋을지 머리를 굴려봤지만 그리 심각하게 따질 것도 없었다.

"그건 좀 생각해 볼 일이야. 그 사람이 나병 환자이기는 해도 일본인한테 인정받은 약초꾼 증명서까지 갖고 있더라고. 그런 자를 괜히 건드렸다가 또 우리 동네에 경관대가 우르르 몰려오면 어떡해?"

"그게 정말이야?"

"물론이지. 내 두 눈으로 똑똑히 봤다고."

그 말을 듣자마자 둘은 말이라도 맞춘 듯 황급히 마당을 나갔다. 어둠침침한 동네 안쪽으로 멀어져 가는 둘의 뒷모습을 보며 이 말은 빈둥거리며 서당에 틀어박혀 있는 그 자들의 귀에도 들어갈 게 분명하다고 확신했다.

'화가 난 바람에 나오는 대로 둘러댄 말이지만 설마 거짓말이란 걸 알아차리진 못 하겠지.'

명치의 체증이 내려간 것만 같았다. 후련한 마음으로 잠자리에 들었다.

그로부터 이삼일 지난 후였다. 점심때라 시장이 북적였다. 사람들 사이로 기모노를 입은 일본 부인의 낯익은 모습이 보였다. 게타의 딸깍딸깍 소리를 내며 내 쪽으로 걸어오고 있었다. 장이라도 보러 왔는가 싶어 멀뚱하게 바라보고 있자 내 앞으로 다가왔다.

"그날 이후로는 얼굴이 보이지 않더구먼. 자네에게 줄 게 있어 왔네. 증명서 말인데, 내가 아는 사람 중에 약초 도매상이 있어서 한번 물어봤네. 이 주변 산에는 질 좋은 약초가 많다고 하더군. 일본 제약회사로부터 주문이 들어온다고도 하고. 약초꾼 중에는 다른 나병 환자도 있는데 그런 가엾은 사람에게는 다른 이들보다 비싸게 값을 쳐준다고 하던 걸. 이건 그 증명서 대신이니까 저번에 말했던 그이에게 꼭 건네주게."

그러면서 기모노 소맷자락에서 줄을 끼운 나무 표찰 하나를 꺼냈다. 선뜻 받아 들고 뭐라고 쓰여 있는지 읽어 봤다. '약초도매상 사사키 상점'이라고 적혀 있는 도장이 찍혀 있었다. 더군다나 그 뒤에는 일본인 점주 이름과 주소까지 있었다. 과연 이런 게 증명서가 될지는 모른다. 하지만 분명히 쓸모가 있을 것이다. 일부러 부탁하러 갔을 때는 냉정하게 거절했지만 부인이 결국 나를 믿어준 것이라 여기며 머리 숙여 깊이 감사의 인사를 했다.

그런데 이곳에서 나는 약초까지 바다 건너 일본 땅으로 팔려간다는 말은 처음 들었다. 여러 가지 농산물들이 일본으로 실려가고 있다는 것은 익히 알고 있었지만 약초까지 일본의 손길이 뻗쳤다고 생각하니 분한 생각이 들었다. 돈벌이만 된다면 사방팔방에서 약초꾼들이 산으로 모여들 것이다. 사정없이 뿌리째 쓸어 갈 게 뻔하다.

'비싼 병원의 양약에는 손댈 엄두를 못내는 이 땅의 아픈 백성들이 달여 먹을 약초조차도 아주 씨를 말려 버리겠구나.'

착잡한 마음으로 귀갓길을 서둘렀다.

동네 어귀에 접어드니 오늘도 저녁무렵 골짜기에서는 연기가 피어오르고 있었다. 약초꾼은 이 시간에 늘 저녁밥을 짓는다. 그는 자신이 캔 약초가 일본까지 팔려간다는 것을 알고 있는지 모르겠다. 아무튼 받아온 나무 표찰을 들고 골짜기 벼랑길을 내려갔다. 그는 시냇가에 돌멩이를 모아 만든 부뚜막 앞에 앉아있었다. 무슨 생각에 깊이 사로잡혀 있었는지 가까이 다가가자 화들짝 놀라며 돌아봤다. 그에게 나무 표찰을 자랑스럽게 내보이며 말을 걸었다.

"약초꾼님, 이런 거 본 적 있어요?"

"약초도매상 사사키 상점? 아아, 거기? 알고 있지. 근데 거긴 별로야. 약초도매상이라고 할 만한 곳이 못되지. 그저 약초처럼 보이는 것들을 약의 원료라고 하면서 사들이는 곳이야. 뭘 모르는 신참들이나 드나드는 곳일세."

"어떻게 별것도 아닌 풀들이 약의 원료가 되나요?"

"나도 잘 모르이. 무슨 성분이 들어있기는 하겠지. 그걸 짜내서 쓰는 모양이야. 게다가 가격을 싸게 후려치니까 일당거리도 안되네."

"그럼 약초도매상이라고 하면서 진짜 약초는 안 팔아요?"

"그렇다네, 그 가게에서 취급하는 것들은 일본으로 보내는 약의 원료들뿐이야."

그제야 조금 마음이 놓였다. 야산의 약초들이 홀랑 뿌리째 뽑혀 갈까 봐 염려한 것은 지나친 걱정이었던 것 같다.

그렇지만 손에 쥐고 있는 것은 일본 아주머니가 애써 얻어준 나무 표찰이다. 사사키 상점은 마음에 들지 않더라도 약초꾼에게는 일본인이 직접 만들어준 신분증명서와도 같은 것이다. 이것만 있으면 동네 사람들에게 억울하게 쫓겨나지도 않을 것이다. 꼭 쥐고 있던 나무 표찰을 그에게 건네줬다.

"이걸 받아 주셨으면 좋겠어요. 읍내에 사는 일본 부인에게 부탁해서 일부러 만들어 온 거거든요."

그는 의아한 표정을 지었다.

"뭐 하러 이런 걸 일부러 부탁했나?"

"이 동네에는 약초꾼님의 사정을 잘 모르는 사람도 있고 여러 가지 복잡한 일들도 많아요. 급할 때 이걸 보여주시면 나대던 사람들도 겁을 먹고 아마 물러날 걸요."

그는 우물쭈물 망설이다가 나무 표찰을 받아 들었다.

이것으로 겨우 내가 해야 할 임무를 마쳤다는 기분이 들었다. 훼방꾼 걱정없이 실컷 약초나 캐면서 살면 좋겠다고 생각하며 골짜기를 빠져 나왔다. 해가 넘어가려 했다. 시간에 아랑곳하지 않고 밭에 쪼그려 앉아 김을 매는 사람들이 보였다. 머지않아 봄이다. 1년 중 가장 바쁜 농번기가 시작된다. 못자리 만들기부터 논갈이로 온 동네가 분주해질 것이다. 그 북새통에 누구도 나병 환자에게 신경 쓸 여유는 없을 것이다. 나병은 일단 걸렸다 하면 고칠 수 없다고 한다. 죽는 날만 기다리는 인생이란 얼마나 허망할 것인가. 나병을 고칠 수 있는 약초는 정말 없는 걸까 골똘히 생각하다가 별안간 짚이는 게 있었다.

전에 찾아갔을 때도 그렇고 아까도 그랬다. 그는 낡고 손때 묻은 약초 책을 소중히 지니고 있었다. 노상 냄비에 삶고 있던 풀들 중에는 먹는 나물만이 아니라 나병에 효과가 있는 약초도 들어가 있는 게 틀림없다. 그렇다면 그는 약초꾼이라는 일을 직업 삼으면서 한편으로는 의사도 고치지 못하는 자신의 병을 고쳐보기 위해 스스로 도전하고 있는 것일지도 모른다. 그런 생각이 들자 더더욱 그가 보통 사람이 아닌 듯 여겨졌다.

해마다 농번기에 접어들면 지방에서 시장으로 찾아오는 장사꾼들의 숫자가 줄어든다. 이삼일 전부터 솔잎장수들 숫자도 현저히 줄어들었다. 우리 집도 아버지가 공들여 개간한 논밭이 조금 있지만 아직은 농사일을 서둘지 않아도 된다.

시장에서 돌아오는 길이었다. 고개에 올라가 아래 골짜기 쪽을 내려다보니 늘 그 시간쯤 피어오르던 연기가 보이지 않았다. 무슨 일인가 싶어 내려가 보니 주변이 깨끗하게 치워져 있었다. 잠자리로 삼았던 바위 아래 동굴도 냇가에 만들었던 부뚜막도 싹 사라졌다.

나무 표찰을 건네주러 그를 찾아갔던 게 바로 어제다. 그때는 아무 말도 없었다.

'내가 시장에 간 낮에 무슨 일이 있었던 걸까?'

불길한 예감을 느끼며 집으로 돌아가니 마당에 나와 있던 어머니가 기다렸다는 듯 말을 꺼냈다.

"순덕아, 아까 골짜기에 살던 문둥이가 인사하러 왔다갔어. 너한테 신세를 많이 졌다고 하더라. 덕분에 약초도 넉넉히 캘 수 있었다면서 고맙다고 전해달래. 그 사람, 동네 사람들이 쫓아내려고 하는 걸 이미 알고 있더구먼. 앞으로는 절대 젊은 혈기로 자기 같은 사람 편들지 말라고 몇 번이나 당부하고 갔어. 약소하지만 마음의 표시라며 이렇게 약초까지 두고 가더구나. 노인들의 병에 특히 도움이 될 거라면서…바로 다려서 아버님께 드렸는데 그 사람 말마따나 정말 효능이 있을지는 모르겠네."

그를 지켜 주겠다고 나무 표찰을 가져다 준 게 오히려 그를 쫓아내버린 꼴이 되고 말았다.

저녁 하늘은 먹구름이 낮게 깔려 당장이라도 비가 쏟아질 것만 같았다. 내내 뒤끝이 개운치 않은 기분이었다. 손가락이 몇 개나 문드러진 그의 손, 미소 짓던 짓무른 얼굴이 선명히 떠올랐다. 내가 뭔가 큰 실수라도 저질러 버린 것만 같아 가슴이 먹먹했다.

6

 솔잎을 짊어지고 읍내로 향하고 있었다. 길가 틈새에도 산비탈 곳곳에도 이름 모를 들꽃들이 곱게 피어 있었다. 한약으로 쓰인다는 약초도 몇 가지가 눈에 띄었다. 그것은 약초꾼에게 배운 것이다. 전에는 별거 아닌 잡초라고만 여기고 지나칠 뿐이었는데 말이다.
 늘 먹고 있는 산나물 중에도 약이 되는 게 상당수 있다고 한다. 이것도 그에게서 들은 말이다. 산나물 중에서 도라지는 아주 귀하게 쓰인다는데 그 도라지도 앙증맞게 새싹이 돋아나고 있었다. 감기에 잘 듣는다고 했는데 마침 벼랑 아래쪽에 나 있었다. 줄기 아래를 잡고 살짝 뽑아 봤다. 흰 뿌리가 후드득 뽑혀 나왔다. 생각보다 컸다.
 "와아, 횡재다!"

얼른 등에 짊어진 솔잎 자루 속에 밀어 끼워 넣었다.

들꽃에 잠시 정신이 팔려 있었지만 오늘은 열흘에 한 번 서는 장날이다. 시장 안은 장사꾼들로 북새통일 테지만 요즘은 인심 후한 손님을 만나기가 어렵다. 빡빡하게 따지고 얼마 안 되는 솔잎 값조차 좀 더 싸게 해달라고 깎는 가난한 손님들뿐이다. 오늘만큼은 그런 손님을 만나고 싶지 않았다.

읍내 근처에는 많은 사람들이 모여들었다. 봄 농사가 본격적으로 시작되기 전에는 집에 있어 봐야 딱히 할 일도 없는 듯 볼일이 있는지 없는지는 모르지만 모두들 장터 쪽에서 기웃거린다. 그 인파를 뚫고 앞질러 가려는데 난데없이 양복을 입은 사내 한 명이 옆에서 말을 걸어왔다. 고개를 돌려 훑어보니 네댓 명의 동행인이 있었고 어디 내놔도 빠지지 않게 잘 차려 입고 있었다.

특별한 일은 아닌 듯했다. 솔잎 팔아 번 돈은 어디에 쓰는지, 아직 어려 보이는데 부모는 없는지, 심심풀이 삼아 대수롭지 않은 것들을 물었다. 예상컨대 이들은 '친일파'라고 불리는 자들로 처세에 능하고 이 시대를 요령 있게 살아가는 사람들인 것 같았다. 솔잎장수 따위는 세상에서 가장 보잘 것 없는 존재인 양 업신여기는 말투였다.

무슨 말을 들어도 별수 없다. 막걸리 적발로 온 동네가 뒤죽박죽 뒤집혔고 아버지는 지금도 감옥에 갇혀 있다. 당장 이 일이라도 하지 않으면 우리 식구들은 배를 곯는다. 딱한 처지의 사람들이 사방에 헤매고 다닌다는 것을 그들도 모르지 않을 텐데 대놓고 무시를 당하니 부아가 치밀어 오르지만 꾹 눌러 참을 수밖에 없었다. 고개를 들어 봄빛 어린 구름이 엷게 깔린 먼 하늘만 힘껏 노려봤다.

시장에 도착해 둘러보니 예상했던 것보다 손님들의 발길이 뜸했다. 장터에서는 귀하고 천한 게 없다. 각양각색의 장사꾼들이 길 양쪽에 늘어서 오늘도 손님을 기다리고 있다. 시장 중간쯤 어쩌다 오는 노인도 서 있었다. 그 노인이 발아래 펼쳐 놓은 자루 위에는 짚신 네다섯 켤레가 놓여 있었다. 노인이 직접 새끼줄을 꼬아 만든 짚신일 것이다. 숙련된 솜씨로 정성들여 삼은 짚신이었다. 그러나 이제는 고무신이 주류가 되어 아주 가난한 사람이 아니면 짚신을 거의 신지 않는다. 짚신이 다 팔릴지 알 수 없지만 그래도 노인은 가만히 고개를 들고 시선을 옮기며 줄곧 손님이 오기만을 기다리고 있었다.

솔잎장수들이 모여 있는 곳에는 먼저 도착한 사람부터 순서대로 자리를 잡아 장사를 하고 있었다. 그들은 평상시와 달리 심상치 않은 눈초리로 주위를 둘러보며 수군거리고 있었다. 나도 적당한 자리에 지게를 내려놓고 분위기를 살폈다. 아무래도 읍내에서 뭔가 큰 사건이 벌어진 듯했다. 일본 순사 한 명이 어쩌고저

쩌고 하면서 모두 겁에 질린 표정이었다. 시장에 오자마자 안 좋은 이야기를 듣는 건 기분만 찜찜해진다. 오히려 모르는 게 속이 편하다고 생각하며 들려오는 말에 굳이 귀를 기울이지 않았다.

남자, 여자 할 것 없이 이런저런 행색으로 장 보러 온 사람들이 눈앞을 지나간다.

'오늘은 어떤 손님이 올까?'

손님을 만날 때 솔직히 재미있다. 다양한 사람들이 솔잎을 사러온다. 무뚝뚝한 사람도 있고 자상하게 말을 건네는 사람도 있다. 오늘의 운세라도 점치는 심정으로 손님이 오기만을 기다리고 있었다.

그러나 나의 기대와는 달리 시간이 지날수록 손님들의 발길이 점점 줄어들었다. 평소라면 점심 무렵부터 한창 붐비는데 말이다. 더군다나 오늘은 열흘 만에 한 번 열리는 장날인데 시장은 한산했다. 도착했을 때만 잠시 북적거렸을 뿐이었다. 영문을 모르겠다. 군데군데에서 큰 소리로 손님을 부르던 상인들의 목소리조차 잠잠해지고 말았다. 왠지 으스스한 느낌마저 들었다. 그다지 내키진 않았지만 어쩔 수 없이 옆에 있는 솔잎장수 아저씨에게 물어봤다.

"오늘 무슨 일 있었어요? 벌써 손님들 발길이 끊겨 버렸네요."

"그럴 수밖에 없지. 네가 도착하기 전에 몇 번이나 사이렌이 울렸단다. 아마 지금쯤은 길마다 비상선을 치고 있을 거야."

"왜요?"

"자세한 사정은 모르겠지만 어젯밤 순찰 나갔던 일본인 순사 한 명이 행방불명되었다데."

말을 듣고 나서도 처음에는 무슨 상황인지 잘 파악이 안 됐지만 심각한 일이었다. 전에는 일본인이 기르는 개가 들개에게 습격당했다고 읍내가 온통 난리법석이었거늘 하물며 일본인 순사가 한 명 없어진 거라면 그야말로 중대 사건이다. 어떤 일이 벌어질지 짐작해보니 섬뜩해졌다.

뒷산에 있는 교회 종소리가 오늘따라 요란스럽게 울렸다. 오후 세 시를 알리고 있었다. 결국 오늘 장사는 공쳤다고 단념했는지 장사꾼들도 슬슬 자리를 접고 일어나기 시작했다. 장날만 기다리며 각지를 돌아다니는 건어물 장수들은 어느새 짐을 꾸렸다. 여러 가지 물건들을 펼쳐놨던 잡화상도 물건을 다시 상자에 담고 있었다. 옆에 서 있던 솔잎장수들도 하나둘씩 어디론가 사라졌다. 순식간에 시장 안이 텅 비어버렸다.

불어오는 바람에 널브러져 있던 쓰레기까지 날아들었다. 혼자만 미련을 가지고 남아 있어 봤자 손님을 만날 일은 없을 것 같았다. 하는 수 없이 지게를 짊어지고 읍내 큰길로 나왔다. 이곳 역시 평상시와는 딴판이었다. 통행인도 드물고 손님으로 넘치던 가게들도 썰렁하기만 했다. 거리 곳곳마다 굳은 표정의 경관들이 서 있었다. 그들이 허리에 차고 있는 긴 칼이 한층 더 무시무시하게 보였다.

'모두들 행방불명된 순사 찾기에 혈안이 되었겠지.'

원인은 여러 가지일 수 있다. 사나흘 전부터 날이 풀려 겨우내 얼어붙어 있던 시궁창도 녹기 시작했다. 혼자 밤길을 걷다가 시궁창에 빠졌다면 살아나올 수 없을 것이다. 만약 그렇다면 진흙탕 속에 파묻혀버려 시체를 찾기도 어려울 것이다. 예전에 비슷한 일들이 여러 번 있었다. 언젠가는 대낮에 소가 미끄러져 빠진 적도 있었다. 사람들이 달려가 끌어올렸지만 끝내 살려내지 못했다.

수색에는 시골의 파출소까지 동원되었나 보다. 얼굴이 가무잡잡하고 흙냄새를 풍기는 인상의 순사도 서 있었다. 그들을 지나 큰길가에 있는 평수 넓은 가게 앞까지 왔는데 가게의 점원으로 보이는 한 젊은이가 문 앞에 의자를 꺼내놓고 앉아 있었다. 그에게 말을 걸어봤다.

"혹시 솔잎 안 사시겠어요? 아침에 산에서 가져온 솔잎이거든요."

그는 눈을 희번덕거리며 위 아래로 나를 째려보더니 대뜸 비아냥거렸다.

"솔잎 따위는 필요 없어. 너희 촌놈들은 역시 둔하구나? 큰 사건이 벌어졌는데 무슨 정신으로 장사를 하러 다니니?"

가만히 그 젊은 사내의 얼굴을 들여다봤다. 월급은 얼마나 받는지 모르겠지만 뺨은 여위고 낯빛이 푸르스름한 게 뭐 그리 대단해 보이지는 않았다.

장사도 시원치 않은데 돌풍마저 불어대 길가의 시커먼 먼지가 지게 위로 쏟아졌다. 새순이 나기 시작한 포플러나무 가로수도 바람에 흔들렸다. 그 소리마저 거슬렸다. 솔잎장수에게 돌풍은 반갑지 않은 불청객이다. 짐을 꾸릴 때 솔잎을 보기 좋게 담아도 바람이 불면 한순간에 엉망이 된다. 오늘 돌풍은 지게째 날려 버릴 기세로 세차게 불었다. 바람을 피하기 위해 급히 가까운 골목 안쪽으로 뛰어 들어갔다. 거기에도 사람들은 눈에 안 띄었다. 다들 문을 잠그고 안으로 들어가 버렸는지 마을 전체가 잠든 것처럼 조용했다. 그 정적이 싫어 일부러 큰소리로 외쳐 봤다.

"솔잎 사세요, 솔잎! 아침에 산에서 가져온 솔잎예요. 솔잎 사세요, 솔잎!"

여러 차례 되풀이하면서 골목 안쪽으로, 더 안쪽으로 들어가 보니 겨우 한두 사람만 얼굴을 내밀었다. 겁먹은 표정들로 말없이 나를 쳐다보기만 했다.

이 골목은 낯익은 장소다. 골목 맨 안쪽에 노동자들이 즐겨 찾는 식당이 있는데 주인 아주머니가 가끔씩 시장에 와서 솔잎을 사 췄고 그때마다 여기까지 배달하러 왔었다. 배달을 가면 어떤 날은 손님이 먹다 남긴 음식을 신문지에 싸서 주기도 해서 그것을 집으로 가져가 식구들과 같이 나눠 먹은 적도 있다. 이왕 여기까지 온 김에 그 가게에 들르려고 찾아가 문을 열었다. 깜짝 놀랐다. 식당 안은 폭풍이 지나간 폐허처럼 엉망진창이었다. 상과 그릇들이 여기저기 흩어져 있었고 가게 사람들 모두 넋이 나간 듯 망연자실해 있었다. 문을 열었는데 그대로 닫아 버리기가 멋쩍어 문 앞에서 얼굴만 내민 채 말을 꺼내봤다.

"저기 혹시...솔잎은 필요 없으세요? 오늘은 장이 제대로 열리지 않아서 떨이로 드리려고요."

잠시 후 안에서 주저앉아 있던 주인아주머니가 일어섰다.

"지폈던 불도 다 꺼져가고 지금은 장사도 접어야 할 판이라네. 손님방 안에까지 구둣발로 들어가 그게 무슨 행패야? 점심 먹으러 온 손님들로 꽉 찼었는데 그 손님들을 죄다 끌고 가버렸으니 이제 어떻게 하면 좋단 말인가? 무슨 도깨비 떼라도 들이닥쳤나 싶더이다."

주인아주머니는 분통을 터트렸다. 앉아 있던 사람들은 말없이 듣고만 있었다.

왜 그런 일이 벌어진 것인지 모르겠지만 솔잎을 사준다기에 시키는 대로 가게 뒤편 창고로 솔잎을 날랐다. 솔잎 값을 가지고 온 남자 아이에게 정황을 물어봤다.

"가게에 무슨 일이 있었어?"

"경관들이 들이닥쳐 손님들도, 우리 아버지도 다 끌고 가 버렸어."

"그건 또 어째서?"

"행방불명이 된 일본인 순사가 경찰서를 나설 때 노름판을 단속하러 간다고 했었대. 노동자들 중에 노름하는 사람들이 좀 있잖아. 그걸 이유 삼아 여기 있던 사람들을 다 끌고 간 거야. 우리 아버지도 가끔 노름판에 다닌다고 해서 같이 끌려간 거고."

그 말을 들으니 정황이 그려졌다.

'이제는 노동자 사냥까지 시작된 거구나.'

최근 각지에서 모여든 노동자들의 수가 많아졌다. 읍내 밖 낙동강 대교 공사가 시작되었기 때문이다.

오늘 솔잎은 이렇게라도 팔 수 있었지만 이런 상태가 언제까지 지속될지는 알 수가 없다. 내일은 또 어찌 될까 하며 초조한 마음으로 골목을 나왔다. 큰길에는 여전히 순사들이 서서 쌀쌀맞은 눈초리로 사람들을 노려보고 있었다. 노동자부터 통행인, 사건과 아무런 관련이 없는 사람들까지 의심하고 있으니 제대로 수색이 될 리가 없다. 정말 쓸데없는 짓을 하고 있구나 꼴사납다 못해 우스꽝스러웠다.

아침에 동네를 나설 때 산기슭에서 캔 도라지 뿌리는 지게 사이에 끼워 놓은 그대로였다. 오늘 솔잎을 사준 사람에게 주려던 참이었는데 비참한 이야기를 듣게 되어 기회를 놓쳐 버리고 말았다. 일본 부인이 사는 집 마당에는 구석에 작은 화단이 있다. 거기에라도 심어 놓으면 좋겠다는 생각이 들자 불쑥 부인을 만나러 가고 싶어졌다.

부인은 가끔 시장에 장을 보러 오지만 요 며칠 사이에는 얼굴을 보지 못했다. 무슨 일이 있는 것은 아닐까 염려도 되었다. 읍내 외곽 쪽으로 가면 조선인들이 모여 사는 마을이 있는데 부인 집도 거기에 있다. 일본인이면서도 깨끗한 일본인 주택가에 살지 않고 왜 조선인 마을에 살고 있는지 이해가 안 간다. 그 이유를 몇 번이나 줄기차게 물어보자 부인은 언젠가 엉겁결에 둘러대듯 이렇게 말했었다.

"나는 일본말보다 조선말이 좋단 말이야."

그래서 그렇게 조선말을 잘할지도 모르겠다.

'그건 그렇다고 쳐도 역시 일본 사람들이 모여 사는 곳으로 가는 게 좋지 않을까?'

뜰 안으로 들어서며 인사를 하자 부인이 방 안에서 문을 열었다. 가볍게 고개를 숙였다.

"안녕하세요? 도라지 한 뿌리 캤는데 화단에 심어 놓으려고 가져왔어요."

"고마워. 지난번에 네가 준 미나리도 맛있게 먹었어. 밭에서 기른 것보다 향도 강하고 씹는 맛도 좋더구먼."

"그것보다 아주머니…지금 일본인 순사 한 명이 행방불명이 되었다고 해서 난리가 났던데 혹시 알고 계세요?"

"으응, 그거? 별일 아니야. 일본에서 야쿠자 하던 사람이라던데. 조선에 오니까 순사 노릇도 할 수 있었더구먼."

"야쿠자가 뭐예요?"

"몸에 문신을 새긴 사람이야."

부인이 갑자기 깔깔거리며 웃었다. 어떤 의미인지는 이해할 수 없었지만 아무튼 같은 일본인끼리라도 이 부인한테는 싫은 사람이었던 모양이다. 그 웃음소리를 들으니 마음이 놓이고 뒤숭숭함이 가시는 듯했다.

도라지를 심어 놓고 부인 집을 나오자 해는 이미 낙동강 저편을 넘어가고 있었다. 기름지고 질 좋은 솔잎을 태웠을 때 타오르는 불길처럼 새빨간 석양이었다. 산들도 읍내 마을도 수채화처럼 아름다웠다. 낙동강 상류는 가끔 은빛으로 보이기도 한다. 저녁 안개가 낀 골짜기 사이로 흐르는 강물이 반짝이며 빛을 발하고 있었다.

식민지가 되고 20년 남짓 한 세월이 흘렀다. 이전에는 마을에 일본인 경관이라곤 단 한 명도 없었다.

'행방불명된 그 순사는 도대체 어떻게 된 걸까? 빨리 찾아내 비상선이 풀려야할 텐데.'

내일도 어수선한 읍내로 솔잎을 팔러 갈 생각에 지끈거리는 머리를 쓸어넘기고 집으로 발걸음을 옮겼다.

비탈길을 올라 고개 근처에 있는 작은 주막집 앞에 이르자 남자들의 말소리가 방안에서 흘러나왔다. 이런저런 이야기들을 열심히 주고받고 있었다. 한숨 돌릴 겸 별생각 없이 서서 그 소리에 귀를 기울여 봤다.

"그 순사가 기생들한테 인기가 있었다고 하더구먼. 혹시 맘에 든 계집하고 어디론가 도망친 게 아닐까?"

"그보다는 그냥 일본으로 돌아간 거 같아. 언제까지 밑바닥 순사로만 있기는 싫다고 자주 불평을 늘어놨었거든. 높은 자리로 출세하려고 일본으로 돌아간 게 틀림없어."

"에이 그건 아니네, 이 사람아. 그 순사는 술을 좋아해서 근무 중에도 자주 취해 있었어. 술 마시고 돌아다니다 어디 시궁창에라도 빠져 진흙탕 속에 묻혀버린 건지도 모르지."

농담인지 진담인지 모두가 제멋대로 하고 싶은 말을 갖다붙이며 진위를 알 수 없는 이야기들이 이어지고 있었다.

다음날부터 비슷한 이야기가 읍내까지 떠돌고 분위기는 더욱 심각해졌다. 게다가 잡혀가서 고문을 당한 노동자들과 노름꾼들이 풀려 나오자 소문은 꼬리에 꼬리를 물고 더 불어났다. 이에 초조해진 경찰들은 '수색에 협력하라'는 전단지를 사방에 붙이고 다녔지만 읍내에는 종잡을 수 없는 소문들로 난무했다.

정오가 지날 무렵, 솔잎을 짊어지고 팔러 다니고 있을 때였다. 일식집 문 앞을 지나가는데 가게의 나이 어린 점원이 나를 불러 세웠다. 그에게는 전에도 속은 적이 있으니까 또 무슨 말을 꺼낼지 미심쩍어하면서 멈춰 섰다. 느닷없이 신중한 표정으로 상의할 일이 있다고 했다. 어쩔 수 없이 뒷문으로 따라갔다.

"가져온 그 솔잎은 얼마야?"

새삼스럽게 뭘 물어보는가 싶었다.

"늘 그렇듯 8전이야."

"7전으로 좀 깎아줘. 대신 구운 생선 한 토막 싸서 줄게."

이런 수작도 그의 지긋지긋한 버릇 중 하나다. 물건을 살 때 꼭 몇 푼이라도 깎아야만 직성이 풀리는 녀석이었다. 구운 생선 토막이라고 해봤자 손님이 먹다가 남긴 것이려니 싶었지만 고개를 끄덕였다.

그러나 정작 그의 볼일은 다음 말이었다.

"팔릴지 안 팔릴지도 모르는 솔잎을 팔러 다니는 것보다 하루 일당 6전을 줄 테니 내가 말하는 일을 한번 해보지 않겠어?"

그 말인즉 이 일식집에서 보낸 사람이라고 나를 소개할 거니까 일당을 받고 행방불명된 일본 순사 찾는 수색대에 들어가 달라는 것이였다.

순사를 찾는데 경찰들도 두 손 두 발 다 든 것 같았다. 범인 찾는 일도 그렇지만 순사가 이미 죽었거나 산중에 버려졌을 가능성도 있으니 말이다. 그런 상황 판단에 산속을 뒤져볼 필요가 생겼지만 수색에는 많은 인원이 필요한데 읍내가 시끄러울 정도로 모집을 했지만 별 소득이 없었다. 결국 각 지구 단위로 인원 동원 명령이 떨어졌다. 이 일식집은 읍내 한가운데 목 좋은 곳에 있고 손님들 대부분도 일본 사람이었다. 그런 연유로 이번 수색대에 참여하지 않을 수 없는 데다 할당된 인원수도 많다며 녀석은 설명을 장황하게 늘어놨다.

하루에 세 명씩 출두하라는 명령이 떨어졌지만 무슨 이유인지 그 사건 이후 가게에는 손님이 더 늘어 매일 엉덩이 붙일 새도 없이 바쁘다고 했다. 점원이 수색대에 동원되어 빠져 버리면 가게 일이 돌아가지 않는다. 그러니 싼 임금으로 언제든 부릴 수 있고 게다가 산속 지리에도 밝은 솔잎장수를 떠올렸을 테고 결론적으로 만만한 나에게 수색대 일을 권하게 된 것이었다.

어찌 생각해 보면 솔잎장수를 얕보는 것 같기도 했다. 언제든지 쓰고 버릴 수 있는 물건 취급을 당하는 것 같은 기분도 들었다. 제멋대로 당연히 들어주리라 여기는 일방적인 이야기를 더 이상 듣고 싶지 않아 거절하기로 했다.

"아쉽지만 나는 못해."

"왜?"

"솔잎 장사를 쉬게 되면 단골손님한테도 미안하고 그런 복잡한 일에 얽히고 싶지 않아."

"지금 무슨 말을 하는 거야? 두 번 다시없을 좋은 조건의 일인걸. 돌아갈 때는 매일 빠짐없이 선물도 줄게. 요즘은 좋은 음식들이 많이 남는다고. 전부 일본 손님들이 먹다가 남긴 것들이야. 큰 그릇에 가득 담아 줄게. 집에서 기다리는 식구들이 많잖아. 가끔은 맛있는 음식도 먹게 해 줘야지!"

이 일식집 음식은 정말 손님이 일본인뿐이라고 내세울 만큼 고급요리들만 취급한다. 남은 음식도 손색이 없다. 그걸 한번 얻으러 간 적이 있었는데 그때는 비싼 값을 내라고 어깃장을 부렸었다. 맛있는 것은 식구들에게도 주고 싶지만 나도 먹고 싶다. 그 말에는 귀가 솔깃해서 금방이라도 그러겠다고 대답하고 싶었지만 이 녀석 말은 언제 바뀔지 몰라 믿을 수가 없었다.

"그럼 일단 하루만 나가볼게. 그 다음에는 남은 음식 싸주는 걸 보고 나서 계속 할지 말지 정할게."

다음날 아침, 일러준 시각에 맞춰 낙동강변으로 나가 보니 많은 사람이 동원되어 각 지구별로 줄을 서 있었다. 읍내에는 어쩌다 이렇게 일 없는 남자들이 많은 걸까 싶을 정도로 모여 있었다. 경관들도 여러 명이 나와 대열을 지어 서 있었다. 출석을 확인하는 사람, 제방 위에서 훈시를 하는 사람도 있었다. 나와 약속한 일식집의 점원 녀석도 나와 있었다. 나를 보자마자 타이르듯 설명을 덧붙였다.

"아는 순사한테 자네 일은 부탁해 놨어. 산에 대해서는 누구보다 잘 알지? 장사꾼에 점원들뿐이라 산에 대해서는 다들 잘 몰라. 이번만 우리 가게 명예를 걸고 애써줘."

"가게에서 셋이 온다고 하지 않았어? 나머지 두 명은 언제 오는데?"

"그게 말이야, 사정이 생겨서 자네 혼자만으로도 괜찮게 됐어. 우리 주인이 경찰과도 친해 얘기가 잘된 것 같더라고. 그럼 잘 부탁해. 대신 맛있는 거 많이 준비해 놓을게."

생각할수록 기가 막혔다. 물론 일본인을 상대하는 가게니까 경찰관도 많이 올 거고 경찰관 중에도 아랫사람 빼고는 대부분 일본 사람일 것이다. 전에도 녀석의 말에 속았던 적이 있다.

작년 가을, 막걸리 적발로 동네 사람들이 끌려갔을 때 나도 아버지를 구하려는 마음으로 그에게 부탁을 했었다. 그러자 알선의 대가로 큰돈을 요구했었다. 지금도 아버지는 감옥에 갇혀 있지만 이제 녀석에게 부탁하는 말은 두 번 다시 꺼내고 싶지 않다.

수색은 여러 반으로 나뉘어 출발했다. 각 반에는 지휘하는 순사가 한 명씩 붙어서 그들의 명령에 따라 졸졸 뒤쫓아 갔다. 첫날인 오늘은 읍내 북쪽에 있는 구릉지부터 수색을 시작한다고 했다. 선두에 있는 순사가 시키는 대로 각자 흩어져 산기슭 쪽으로 들어갔다.

골짜기로 들어가니 봄기운이 확연히 느껴졌다. 눈도 얼음도 사라지고 냇가에는 갖가지 풀들의 파란 새싹들이 돋아나 있었다. 갑자기 들이닥친 사람들의 발길에 놀랐는지 숲 속에서 새들의 날갯짓 소리가 크게 들려왔다. 새들이 날아오른 하늘은 봄 하늘답지 않게 구름 한 점 없이 영롱한 푸른빛을 띠었다.

내가 매일 솔잎을 모으러 찾아가는 산과는 전혀 달랐다. 무엇보다 거지들의 움막이 너무도 많아 놀랐다. 절벽 아래부터 바위 밑, 수풀 속에도 있었다. 거지들이 사는 곳은 제방 아래나 강가 주변뿐일 거라고 생각했는데 그렇지도 않은 것 같았다.

'다들 여기를 근거지로 해서 읍내를 떠돌아다니는 거겠지.'

이들도 아마 빚 때문에 땅을 빼앗겼거나 뭔가 빌미를 잡혀 살던 곳에서 더 이상 버티지 못하고 떠나온 게 틀림없다. 동네에서도 막걸리 적발 이후 몇 집이나 야반도주로 사라져 버렸다. 거액의 벌금을 못 물면 징역이라도 살아야 하니 몰래 떠날 수밖에 없었을 것이다. 그 사람들도 지금 어디에선가 이런 움막 생활을 하고 있을지 모른다고 생각하니 돌덩어리로 가슴을 짓누르는 것만 같았다.

뜻밖에 찾아든 외딴 사람의 발길에 놀란 것은 꿩이나 산새들만이 아니었다. 움막 사람들이 일제히 뛰어나와 갑작스럽게 나타난 일행의 눈치를 살폈다. 여자와 아이, 백발의 노인도 있었다. 누구라고 할 것도 없이 초라한 행색이었다. 기워 입은 흔적투성이의 너절한 바지에다 저고리, 거기에다 얼굴도 손도 심란할 정도로 때가 잔뜩 껴 보기만 해도 더러웠다. 뺄 것도 붙일 것도 없이 말 그대로 거지였다. 빼빼 마른 얼굴에 헝클어진 머리의 남자 아이가 어디선가 다가와 큰 눈을 끔뻑이며 사람들의 얼굴을 빤히 쳐다봤다. 허기를 참지 못하고 먹을 것을 달라고 조르는 것 같았다. 하지만 그 아이에게 먹을 것을 주는 사람은 아무도 없었다.

더군다나 내가 속해 있는 반을 지휘하는 순사는 일본에서 온 지 얼마 안 됐는지 조선말을 통 못하는 것 같았다. 정체는 모르겠지만 퉁퉁한 중년 사내 한 명이 통역으로 붙어 다녔다. 그들은 움막에서 노인 한 명을 끌고 나오더니 여러 가지 질문을 퍼부었다.

"이보시게, 그저께 밤 이 근처에서 이상한 소리 혹시 못 들었나? 사람의 기척이랄까. 노인네들은 밤 귀가 밝다 하니 뭔가 들었을 법도 한데.”

그들에게 바짝 여윈 팔을 붙잡힌 노인은 두개골밖에 남지 않은 머리를 좌우로 조용히 흔들 뿐이었다.

출발하기 전 수색을 나간답시고 순사는 모인 사람들 앞에서 훈시를 늘어놨다. 숲속 구석구석은 물론 새로 흙을 파헤쳐 놓은 곳, 골짜기의 물웅덩이에서부터 농업용수, 논밭의 고랑이며 우물 안까지 찾아보라고 했다. 짐작 갈 만한 장소를 하나씩 찾아보는 수밖에 없었다. 그밖에도 산 중턱이며 골짜기에 이르기까지 샅샅이 뒤져보라고 명령했다. 사람 시체 하나 정도 숨길 수 있는 장소는 사방에 깔려 있다. 눈에 띄는 곳은 빠짐없이 닥치는 대로 찾아 다녀야 했다.

다른 골짜기로 수색 갔던 반에서 전령이 왔다. 수상한 장소를 발견했으니 지원을 와 달라는 거였다. 그곳에는 읍내에서 퍼 온 배설물을 보관하는 분뇨 구덩이가 있었다. 좁은 골짜기를 막아 놓은 작은 연못 정도 크기에 분뇨가 넘칠 정도로 차 있었다. 인근 마을에서 봄 농사가 시작되면 거름으로 쓰기 위해 모아 놓은 것이었다. 거기에 사람 손가락 같은 것이 떠 있는 것 같다며 웅성거렸다.

그것을 퍼내라는 지시였다. 그러려면 도구가 있어야 한다. 지휘하는 사람은 화살같이 도구를 조달하라고 재촉 해댔다. 성화에 못 이긴 사람들은 몇 조로 흩어져 도구를 빌리러 주변 농가로 갔다.

모두 돌아왔을 때는 이미 해가 기울고 있었다. 골짜기든 개울이든 물이며 배설물이며 가릴 것 없이 모조리 퍼냈다. 바닥이 들어나기 시작했을 때는 해가 져버린 뒤였다. 어둠 속에서 들어 올린 것은 죽은 개로 보이는 사체와 숨을 거둔지 얼마 안 된 새끼 토끼 한 마리가 전부였다. 이것으로 첫날의 수색은 성과 없이 끝났다.

다음날도 그 다음날도 일주일을 연속해서 수색했지만 그 어디에서도 시체는 발견되지 않았다. 인원을 동원하는 데도 한계에 이르렀는지 점점 수색인원도 줄어들었다. 순사는 살해당한 게 아니라 정분난 계집하고 도망친 것이라는 소문이 더욱 파다해졌다. 경찰도 별수 없이 단념한 모양인지 갑자기 수색 중지 명령이 내려왔다. 그날로 하루 6전의 일당과 남긴 음식 받는 일도 끝이 났다.

7

시장에서 돌아오는 길이었다. 농사일을 마친 중년 아저씨들이 논두렁가에 앉아 잡담을 나누고 있었다. 콧노래를 부르면서 그 앞을 지나치는데 그중 한 명이 말을 걸었다.

"야아, 솔잎장수! 오늘도 장사가 잘된 모양이네. 많이 벌었니?"

"아뇨, 늘 그냥 그래요."

"그래도 콧노래 부르는 걸 보니 기분이 좋아 보이네. 또 일본 사람한테 애교 떨면서 비싸게 팔았니? 모두들 네가 요령이 좋다고 그러더라."

"그따위 말은 거짓말예요. 내 콧노래는 어른들이 모여 계시는 걸 보니 그냥 제멋대로 나온 거라고요. 말하자면 인사 대신인 거죠."

모두 얼떨떨해 하며 입을 다물어 버렸다.

요즘 들어 이 어른들이 한심스러워 보인다. 집안에서나 마을에서는 목에 힘을 주고 큰소리치면서도 일본인 앞에서는 고양이 앞의 쥐새끼 꼴이니 말이다.

"지나가는 아이 놀릴 여유가 있으면 식민지 백성의 비애를 노래하는 편이 낫지."

그들을 뒤로 하며 입에서 푸념이 새어나왔다.

성큼성큼 발걸음만 재촉했다. 고개에 오르니 저녁노을이 멀리 산봉우리에 걸쳐 있었다. 노을 진 산등성이를 보며 걸음을 멈추고 잠시 생각에 잠겼다. 행방불명된 일본인 순사를 조선인이 죽였다고 단정 짓고 벌이는 수색이며 막걸리 적발에 색깔옷 운동, 이런 탄압이 언제 끝날지 속절없이 답답하기만 했다. 감옥에 갇혀 있는 아버지 소식은 끊겨 버린 지 오래다. 언덕 아래 펼쳐진 소나무 숲 골짜기에는 어둠이 깃들고 있었다. 뒤를 돌아보니 방금 전까지 주홍빛을 발하고 있었던 석양도 나를 외면하는 듯 산 너머로 훌쩍 넘어가 버렸다.

허리가 휠 정도로 무거운 세금이며, 꼬투리 잡혀 과해진 벌금에 시달리다 견디지 못하고 결국 마을을 떠나 유랑민으로 전락한 채 정처 없이 떠도는 사람들이 끊이지 않았다. 그들은 저녁때만 되면 일과처럼 동네로 찾아와 남은 밥을 적선해 달라고 문을 두드렸다. 오늘도 골짜기 바위 사이나 벼랑 어딘가를 잠자리 삼아 사는 몇 사람이 먹을 것을 구걸하러 나서는 게 보였다. 남자도 여자도 뒤헝클어진 머리에 때 묻은 얼굴, 누더기를 걸친 가련한 몰골 처량하기 그지없는 모습이었다.

'저런 모습으로 가야 뭐라도 얻어먹을 수 있겠지.'

안타깝고 애처로워 먹던 밥을 동냥 그릇에 덜어줄 수밖에 없었다는 말도 들었다. 이제는 거지에게도 함부로 할 수 없다. 누구라도 언제 그런 신세가 될지 모르기 때문이다.

다음날도 해는 떠올랐다. 커다란 아침 해가 산봉우리 위로 자태를 드러냈다. 오늘부터는 시장에 나가는 시간을 조금 더 서둘러야 했다. 날이 점점 더워지기 시작해 솔잎 매상이 확 떨어졌고 솔잎보다 마른 나뭇가지를 찾는 손님이 부쩍 많아졌다. 근처 산에서는 팔기에 적당한 마른 나뭇가지를 찾기가 어려웠다. 알 수 없는 노릇이다. 집에서 다소 떨어진 산까지 나뭇가지들을 주우러 가야 하기에 여느 때보다 이른 시간에 집을 나섰다.

낙동강 상류에는 강줄기 양편으로 험준한 산들이 쩌렁쩌렁 호령하는 기세로 솟아올라 있다. 그 강가를 따라 한참 거슬러 올라갔다. 그곳에서는 손님에게 권할 만한 마른 나뭇가지를 얼마든지 찾을 수 있었다. 상류로부터 떠내려 온 것도 있고 겨울 동안 눈에 덮여 있다가 골짜기에서 그대로 말라 버린 것들도 있었다. 쓸

만한 것들을 골라 묶은 후 짐을 꾸리기만 하면 됐다.

솔잎이든 마른 나뭇가지든 잘 팔기 위해서는 무엇보다 딱 봤을 때 모양새가 좋아야 한다. 볼품없는 것은 아예 거들떠보지도 않는다. 특히 이 마른 나뭇가지는 얼마나 보기 좋게 꾸려 놓느냐에 따라 물건 취급이 달라진다. 가지런한 것만 골라가며 줍는 것에 열중하고 있었는데 어디선가 사람 말소리 같은 게 들려왔다. 외진 산중에 사람이 있을 리가 없다고, 헛들었다고 생각하며 일손을 멈추지 않았지만 이윽고 그 소리는 점점 더 크게 들렸다. 하물며 나의 이름을 연달아 부르고 있는 것 같았다.

"순덕아! 순덕아!"

내 이름이 몇 번이나 들려왔다. 헛것을 들은 게 아니었다. 엄습해 오는 불안함과 두려움을 진정시키며 천천히 고개를 들어 주위를 둘러봤다. 사람의 그림자는 그 어디에도 없었다. 골짜기에서 불어오는 바람소리와 바로 옆을 유유히 흐르고 있는 강물 소리뿐이었다.

넋이 나간 듯 잠시 그냥 서 있었다. 그때 바로 옆 숲 속에서 한 남자가 모습을 드러냈다. 자세히 보니 그는 서당에서 누구보다 존경을 받았던 권 선생이었다. 어느 날 권 선생이 돌연 자취를 감춘 뒤 동무들과 서로 끌어안고 울었던 기억을 떠올리면서 달려갔다.

"선생님! 어째서 이런 곳에 계세요?"

권 선생은 눈을 지그시 감았다 뜨면서 기억을 되짚는 듯 가만히 나를 쳐다봤다.

그는 서당에 있던 때와는 완전히 딴 사람으로 변해 있었다. 늘 단정한 차림을 하고 있던 모습은 온데간데없었다. 헝클어진 머리에 낡은 옷을 입고 있어 얼굴마저 더러웠으면 아마 근처의 거지와 분간을 못했을 정도였다. 그대로 바라보기가 겸연쩍어 시선을 돌리고 말을 잇지 못하자 그제야 권 선생이 말문을 열었다.

"서당은 지금도 계속되고 있나?"

"아니요. 몇 명 남아 있던 사람들도 이제 거의 찾지 않아 문을 닫은 거나 마찬가지예요."

"역시 그렇구나. 참으로 유감스럽다. 조선인에게는 뜻하는 학문을 배우도록 놔두지 않는 정책이니 머잖아 서당이란 서당은 전부 그 맥이 끊기고 말겠지."

권 선생은 쓸쓸한 표정을 지었다.

선생님은 이 산속에서 무엇을 하고 계십니까? 거처는 어디입니까? 식사는 어떻게 하고 계십니까? 떠오르는 질문을 차례차례 묻고 싶었다. 그런데 별안간 목이 막혀 버린 듯 소리가 나오지 않아 아무 것도 묻지 못하고 그저 쳐다만 보고 있었다. 잠시 후 권 선생이 앞가슴 옷섶에서 봉투 하나를 꺼냈다. 봉투에는 우표도 붙어 있고 주소와 받는 사람 이름도 쓰여 있었다. 그 봉투를 내 앞으로 내밀었다.

"자네, 이것을 읍내 우체국 앞 우체통에 슬쩍 넣어줄 수 있겠나? 그리고 여기서 나와 만난 일은 그 누구한테도 말하면 안 되네. 자네라면 비밀을 지켜 주리라 믿고 이렇게 부탁하는 걸세. 자초지종은 사정이 있어 말을 못하지만 시간이 지나면 반드시 알아줄 날이 오리라 믿네. 어떤가?"

서슴잖고 봉투를 받아들어 옷섶 깊숙이 집어넣는 것을 확인한 권 선생은 내 어깨를 두드리며 인사의 말을 건넸다.

"일하는 사람을 방해해서 미안하네. 그럼 이만 가네. 몸 잘 살피면서 지내게."

그는 방금 나왔던 숲 속으로 다시 들어가더니 순식간에 모습이 보이지 않았다.

마른 나뭇가지를 잘 모아 짐을 꾸린 후 지게에 싣고 그 자리를 떠났지만 아쉬움이 남았다. 이것으로 영영 못 만나게 될지도 모른다는 생각도 들었다. 정신이 아득했다. 권 선생이 사라진 그 산을 향해 무슨 말이라도 외치고 싶었다. 말문을 닫고 있던 빗장이 풀린 듯 끝내 말하지 못한 말들을 목청껏 내질렀다.

"선생님! 날마다 여기 올게요! 그러니까 내일도 모레도 와주세요! 꼭이요, 꼭!"

젖먹이가 젖 달라 어미를 보채듯 외친 그 말들이 권 선생에게 들렸는지는 모르겠지만 둘러싼 산들이 대답이라도 해주듯 메아리쳐 돌아왔다. 낙동강 위를 제비들은 무심하게 잘도 날아가고 있었다.

느릿느릿 읍내를 향했다. 걷는 내내 권 선생 생각이 머릿속을 떠나지 않았다. 읍내 역 근처에 있는 우체국 앞에 도착하니 출입문 벽에 걸려 있는 시계 바늘이 정오를 가리키고 있었다. 우체통에 봉투를 넣기 전 도대체 어디로 보내는 편지인지 궁금해서 살짝 살펴봤다. 보내는 곳은 서울이고 받는 사람에는 어떤 남자 이름이 쓰여 있었다. 뒷면은 지렁이가 지나간 듯 휘갈겨 써서 주소도 보내는 사람의 이름도 전혀 읽을 수가 없었다. 봉투를 우체통에 넣자 툭 떨어지는 소리가 울렸다. 이것으로 부탁 받은 일은 잘 수행한 셈이다. 기분도 전환할 겸 곧장 북적거릴 시장으로 향했다.

정오가 지났는데도 의외로 사람들이 적었다. 드문드문 몇 사람만 장을 보고 있을 뿐이었다. 늘 자리 잡는 곳에 마른 나뭇가지들을 내려놨다. 손님을 기다린다기보다는 그저 앞을 스쳐가는 사람들을 멍하게 보고 있었다. 시장 입구 쪽에서 새로 장만한 것 같은 갓을 쓰고 새하얀 두루마기를 차려 입은 중년 사내 한 명이 나타났다. 진귀하고 드문 일이었다.

'색깔옷 운동과 동화정책을 부르짖고 있는 와중에 저런 복장으로 당당히 거리에 나다니다니. 관리의 눈에라도 띄면 그 길로 끌려 갈 텐데.'

　세상 돌아가는 것을 전혀 모르는 사람인 것인지, 아니면 대단한 반골인 것인지 당최 알 수가 없었다. 그 사람이 어떻게 될지 조마조마했다. 예상대로 바로 달려온 경관들에게 끌려갔다. 뜻밖에 벌어진 촌극의 한 장면 같았다.

　가까운 자리에서 보고 있던 달걀장수 사내가 허허 웃으며 중얼거렸다.

　"저 지경으로 끌려가면서도 자기로선 할 바를 다했다고 생각하겠지? 영웅이 된 기분인지도 모르겠군. 하얀 두루마기를 입고 거리를 활보하는 게 뭐 그리 대수로운 저항이라도 되는 듯 말이야. 생각이 모자란 거지. 추적자를 피해 심산유곡으로 도망 다니며 생사조차 알 길 없는 사상범들이 얼마나 많은데…저 노릇에는 허탈한 웃음만 나오는구면."

　처음에는 무심코 듣고 있었는데 곰곰이 생각해보니 그 말이 가슴에 꽂혀 자꾸만 걸렸다.

　'권 선생님도 추적을 피해 깊은 산 속에 숨어 살고 있는 게 아닐까?'

　서당에서 일본말을 가르치지 않고 한문만 가르치는 것도 죄가 된다면 권 선생한테도 얼마든지 사상범이라는 죄목을 뒤집어씌울 수 있을 테니 말이다. 지금까지 그렇게 궁지에 몰린 사람들을 많이 봐 왔다. 산속에서 만났다는 것은 비밀로 하지 않으면 안 된다. 숨어사는 처지가 딱하지만 경관에게 잡혀가는 것보다는 낫다고 생각하며 아무쪼록 권 선생이 용기를 잃지 않고 잘 견디길 바랐다.

발길이 뜸한 시장은 살풍경이었다. 마냥 손님을 기다리고 있느니 말끔하게 단장된 일본인 주택가를 한 바퀴 돌아보고 싶었다. 마른 나뭇가지를 찾는 손님은 일본 사람이 상대적으로 많다. 자리를 털고 일어나 시장을 나서자 교회의 종소리가 두 번 울렸다. 일없이 오후 2시가 되었다. 재빨리 읍내 뒷길로 발길을 옮겼다. 냇가의 작은 다리 너머 산기슭 일대가 일본인 주택가다. 완만한 비탈길을 오르며 큰 소리로 외쳤다.

"다키기야데스! 요쿠 모에루 다키기! 가레에다와 이리마센카!"
タキギヤデス、ヨクモエルタキギ。カレエダハイリマセンカ。
(땔나무에요! 잘 타는 땔나무! 잘 마른 나뭇가지 사세요!)
일본말로 몇 번이고 외치고 또 외쳤다.

이 주택가에 사는 사람들은 관리나 고리대금업자들이 대부분이다. 경관들도 분명히 많이 거주할 것이다. 서장 집도 이 근처에 있다고 들었다. 전에는 이 지방의 양반들이 살았음직한 커다란 대문의 집 안을 들여다보니 지금도 상당한 위치의 고급관료가 살고 있는 듯 보였다. 마당에는 빨래를 널어놨는데 새하얀 이불 홑청과 각종 무늬로 수놓아진 이불이 줄지어 있었다. 집 앞에서 거침없이 큰 소리로 외쳤다.

"마른 나뭇가지! 땔감 사세요!"

잠시 후 치마저고리 차림으로 뛰어나온 사람은 열네댓 살 정도 먹어 보이는 여자 아이였다. 이 집 식모 같았다. 나를 슬쩍 쳐다보더니 입을 열었다.

"얼마예요?"

시장에서는 잘 받아도 10전 정도밖에 안 쳐준다.

"20전이요."

값을 두 배로 불러 버렸다.

여자 아이는 가늘게 뜨고 있던 눈을 번쩍 치켜뜨더니 짊어진 마른 나뭇가지를 한 바퀴 빙 둘러보고는 말없이 잰걸음으로 들어갔다. 잠시 후 정말 20전을 들고 나왔다. 마른 나뭇가지에 딱히 정해진 값이란 없다. 나뭇가지도 상품으로 쳐주는 게 있고 그렇지 않은 게 있으니 그에 맞춰 부르는 게 값이랄까. 내가 지고 간 것은 낙동강 상류에서, 그것도 권 선생이 숨어 사는 깊은 골짜기에서 주워 온 단단하고 잘 마른 나뭇가지다. 오래 잘 타는 최상품이라 할 수 있다. 산에 나뒹굴고 있는 것과는 다르다. 주저

없이 당당히 돈을 받았다.

모두 팔고 읍내로 돌아왔지만 비싸게 잘 팔았다는 기쁨 따위는 조금도 없었다. 집으로 돌아가기에는 시간이 일렀다. 빈 지게를 짊어진 채 큰길에 늘어선 상점들을 둘러보며 천천히 걸었다. 산속에서 생활할 때 가장 필요한 것은 소금이라는 말을 들은 적이 있다.

'혹시 권 선생님도 소금이 필요하지 않을까?'

문득 그런 생각이 들었다. 가게를 찾아가 물어보니 굵은 소금은 3전만 내도 꽤 많은 양을 살 수 있었다. 주인에게 헌 신문지에 싸 달라고 했다. 내일 아침, 권 선생을 만날 수 있기를 바랄 뿐이다. 맑게 갠 하늘, 내일도 날은 좋을 것 같았다. 소금을 챙겨 큰길 모서리를 돌아 집으로 향했다.

읍내 외곽으로 나가자 통행인들을 검문하고 있었다. 최근에는 특히 마을에서 장을 보러 나왔다가 돌아가는 사람들을 불러 세워 검문을 했다. 저녁때가 되면 큰 길 골목마다 별도로 관문을 설치해 이름, 주소, 연령, 일일이 소지품까지 조사했다. 반일 불온분자가 지방에 많이 숨어 있다는 이유를 내세워 이런 방법까지 동원하는 것이다. 그러나 불온분자 박멸은 명분일 뿐이고 더 중요시 여기는 목적은 따로 있다. 그 검문소를 통과하려면 남녀노소를 불문하고 한마디라도 일본말을 해야만 한다. 오늘도 어느 할머니 한 명을 붙잡아 세워놓고 일본말을 시키고 있었다.

"와레와레와 고우코쿠신민나리."

ワレワレハ、コウコクシンミンナリ。

(우리는 황국신민이다.)

할머니가 좀처럼 발음을 따라 하지 못하니까 순사들도 마뜩찮게 여겼다.

소지품 검사는 갈수록 집요해졌다. 심지어 아녀자들이 허리에 차고 있는 주머니 속까지 뒤졌다. 대여섯 명 뒤에서 기다리다가 내 차례가 와서 양손을 올리고 앞으로 나갔다. 마른 나뭇가지를 팔고 가슴팍에 넣어둔 돈까지 다 꺼내 세어 본다. 다음에는 시키는 대로 허리끈을 풀자 바지 속까지 들여다봤다.

무슨 일이든 제일 궂은일을 하는 사람들은 말단 조선인 순사들이다. 오늘도 금줄이 쳐진 모자를 쓴 일본인 순사는 히죽히죽 웃으며 조선인 순사 뒤에 서서 검사하는 모습을 지켜보고만 있었다. 사사건건 참견하기를 좋아하는지 조선인 순사가 지게에 묶어 놓은 소금까지 캐물었다.

"이 신문지에 싼 건 뭐냐? 녀석, 꽁꽁도 묶어 놨구나."

"소금이요."

"너는 차림새를 보니 땔나무장수구나. 읍내에 나와 물건을 팔려면 일본말은 조금 할 줄 알겠네. 그렇지? 뭐라도 한마디 해 봐."

"와레와레와 고우코쿠신민나리. 오쿠니니 주우세이오 지카이마스. 규죠요하이오 이타시마쇼."

ワレワレハ、コウコクシンミンナリ。オクニニ、チュウセイヲ、チカイマス。キュウジョウヨウハイヲ、イタシマショウ。

(우리는 황국신민입니다. 국가에 충성을 맹세합니다. 궁성요배 宮城遙拜를 합시다.)

이와 비슷한 말을 늘 시키고 있으니 어려울 것도 없었다. 일본말을 술술 외워대자 순사들도 당연하다는 표정이었다.

무슨 까닭인지 서당에서 선생이라고 불리는 이들은 한문이라면 술술 잘도 읽으면서 일본말은 간단한 말조차도 서툴기 이를 데 없었다. 특히 권 선생이 그 표본과 같다. 사상범으로 몰리지 않았더라도 일본말 세상이 되어가는 이곳에서는 살맛이 안 나 스스로 산속으로 들어가 버린 것일지도 모른다. 그런 생각이 들자 피식 웃음이 나왔다.

다음 날은 예상대로 날이 좋았다. 아침 해가 밝게 비치는 동녘을 바라보며 집을 나섰다. 낙동강 상류는 새소리와 흐르는 강물 소리가 어우러지는 별천지와 같았다. 어제와 같은 장소에 도착해 주위를 살폈다.

"선생님! 이리 좀 나와 보세요! 소금 사왔어요! 소금이요! 선생님! 선생님!"

내 목소리에 새들이 깜짝 놀랐는지 덤불 속에서 요란하게 푸드덕거리며 날아올랐다. 한참을 불러 봐도 권 선생의 기척은 없었다.

골똘히 생각한 끝에 어제 권 선생이 사라진 숲 안쪽을 들여다봤다. 사람이 지나간 흔적이 아직도 뚜렷이 남아 있었다. 그 자취를 따라 거슬러 올라는 길이 구불구불 이어져 있었다. 급경사면에 미끄러지면서도 계속해서 올라가보니 막다른 곳은 큰 바위로 막혀 있었다. 더 이상 어디로 가야 할지 난감했다. 할 수 없이 다시 권 선생을 불렀다.

"선생님! 선생님!"

산봉우리를 향해 불러 봤다. 대답도 없는 산 속에서 계속 불러 재끼니 목이 다 쉬었다. 권 선생 만나는 것을 체념하며 발길을 돌릴 때였다. 근처에서 무슨 소리가 나는 듯해 두리번거리자 산등성이 위에서 사람 목소리가 들렸다. 소리가 들리는 위쪽으로 고개를 들어 올려다보니 권 선생이 아닌 다른 사내 한 명이 커다란 소나무에 기대 선 채 내려다보고 있었다.

"어이, 여기다, 여기!"

나를 부르고 있었다. 깜짝 놀랐다. 이 사내도 수염과 머리카락이 덥수룩하고 헝클어진 지저분한 모습이었다. 이번에는 내가 말을 걸어봤다.

"저기, 권 선생님을 만나고 싶은데 어디에 계신가요?"

사내는 손짓을 하며 위로 올라오라는 시늉을 했다.

우거진 수풀을 헤치며 가까스로 산등성이 위로 올라갔다. 사내는 말없이 앞장서더니 더 위쪽으로 오르기 시작했다. 나도 묵묵히 따라갔다. 무성한 덤불을 지나자 신록 내음이 풍기는 떡갈나무 숲이 나왔다. 그 너머는 준엄한 암벽으로 막혀 있어 도저히 사람이 지나갈 수 없어 보였다. 암벽을 우러러보며 정신없이 사내를 뒤쫓아갔다.

층층이 쌓인 암벽 밑을 따라 잠시 걷다 보니 바위가 갈라진 틈 사이에 굵은 칡으로 꼰 밧줄 하나가 늘어져 내려와 있었다. 사내는 그 밧줄을 붙잡고 울퉁불퉁 튀어나온 암벽을 아무렇지도 않은 듯 기어올랐다. 나도 올라갈 수밖에 없었다. 오르는 도중 밧줄을 잡은 손바닥이 따끔거리고 아팠다. 낑낑대며 어렵사리 위까지 올라갔다.

드디어 암벽 꼭대기에 이르러 아래를 내려다보니 입이 떡 벌어질 정도로 수려한 경관이 화폭처럼 펼쳐졌다. 유유히 이어져 도도하게 흐르는 낙동강, 양팔을 세상 끝까지 벌린 기상으로 광활하게 뻗어나간 태백산맥 능선들은 장엄했다. 방금 오른 바위며 강변을 따라 올라오는 사람들 모습까지 전부 보였다. 어제 저 아래서 마른 나뭇가지를 줍고 있던 나도 훤히 내려다 보였을 것이라 생각하니 왠지 쑥스러웠다.

웅장한 경치에 넋이 빠져 있을 때였다. 지금 올라온 절벽과 반대쪽에서 또 다른 사람의 목소리가 들렸다. 그쪽도 가파른 경사였지만 붙잡고 올라갈 만한 나무와 풀들이 있었다. 소리가 난 아래쪽을 내려다보니 바위 그늘에 남자 한 명이 앉아서 연기가 보이지 않아 멀리서는 몰랐지만 냄비를 걸어 놓고 뭔가를 끓이고 있었다. 잘 마른 나뭇가지를 때고 있는지 타오르는 새빨간 불길이 보기 좋았다. 그 남자도 권 선생은 아니었다.

같이 올라온 사내를 따라 내려가 보니 바위와 바위가 겹쳐진 틈을 이용해 만들어 놓은 거처가 몇 군데나 있었다. 흔히 볼 수 있는 거지 움막과는 달리 나무를 촘촘히 쌓아서 제법 그럴 듯하게 지은 은신처였다. 이 남자들 외에도 몇 명 더 있는 것 같았다.

음식을 만들고 있는 그의 옆에는 맑은 물이 퐁퐁 솟는 옹달샘도 있었다. 거기에 가지런히 놓인 취사도구에는 잘 들어 보이는 부엌칼에 큼지막한 도마, 뭘 담았는지 뚜껑이 덮인 옹기 항아리와 단지도 몇 개나 보였다. 우리 집과 비교하니 오히려 이곳의 살림살이가 더 잘 갖추어진 듯 보였다.

깊은 산중에 이런 비밀 장소를 꾸며 놓고 사는 이들이 대단하다고 느껴졌다. 그것도 모르고 소금이라도 사다줘야겠다고 찾아온 내 자신이 머쓱했다. 그래도 권 선생은 꼭 만나고 싶었다. 다시 사내에게 물어봤다.

"저, 권 선생님은 어디에 계신가요?"

"뭘 그리 서두르나? 어젯밤 볼일 보러 나갔는데 조만간 돌아올 걸세. 그때까지 이거라도 요기하면서 기다리게. 아침에 잡은 토끼를 푹 삶아 끓인 거네만 입에 맞을지 모르겠네."

그는 큰 사발에 커다란 고깃덩이와 국물을 듬뿍 떠서 나에게 건네줬다. 냉큼 받아들고 먼저 국물을 한 모금 꿀꺽했다. 진하고 구수했다. 집에서는 좀처럼 맛볼 수 없는 별미였다.

이곳까지 찾아오는 길은 몇 군데나 더 있는 모양이었다. 얼마 후 권 선생이 내가 올라왔던 길과 반대편 산등성이에서 내려왔다. 내 얼굴을 보고는 화들짝 놀라워했다.

"아니 이게 누구야? 용케도 여기까지 찾아왔구나! 조심하라고 일렀건만 무슨 일로 이곳을 찾아왔나?"

"산에서 생활할 때 소금이 제일 필요하다고 하길래 좀 갖다 드리려고 왔어요."

"그래, 그건 고맙네. 자네에게 이 장소가 드러난 이상 어쩔 수가 없구먼. 소금보다 더 중요한 일이 있는데 한번 맡아서 해보겠나? 만약 경찰에 들키기라도 하면 집과 식구들을 떠나 우리처럼 산속에서 도망치며 살아야 할 텐데, 어떤가? 잘 생각해보고 대답하게."

"뭘 하면 되는데요?"

"여기서 우리가 제일 곤란한 것은 소금이 아니라 우편물이라네. 받으러 가는 것도 보내는 것도 위험이 따르니까. 그 일을 하나 자네에게 부탁하고 싶으이."

"그까짓 일쯤이야 간단하죠. 경관에게 절대 들키지 않도록 할게요."

야무지게 대답을 하자 권 선생도 확신이 들었는지 동굴 안에서 종이와 붓을 들고 나와 편지를 쓰기 시작했다. 다 쓰고 나서 그것을 내 손에 쥐어줬다.

"이것을 가지고 찾아가면 다 알아서 해줄 걸세. 이건 반드시 거기 쓰여 있는 본인에게 직접 전해줘야 한다네. 같이 사는 식솔이라고 해도 다른 사람에게 전해서는 절대 안 된다네. 알았나?"

주소는 읍내에 있는 어떤 '도장 가게'로 되어 있었다.

떠날 채비를 하는데 권 선생은 마음이 안 놓였는지 바래다주겠다고 따라 와서는 배웅하며 간곡히 부탁했다.

"자네는 영민한 사람이니 믿음이 가네만 조심해서 일을 해주게. '도장 가게'에서 받은 것은 그게 뭐든 절대로 검문에 걸려서는 안 되네. 검문소를 피하려면 험한 산길밖에 없겠지만 부디 무사히 여기까지 가져다주게."

아주 중대한 사명을 위임받은 기분이었다. 올라온 암벽을 재빠르게 거슬러 내려가 강가로 돌아온 나는 마른 나뭇가지를 주워 모으기 시작했다. 손은 바쁘게 움직였지만 마음은 더없이 가벼웠다. 드디어 나에게도 의미 있고 해볼 만한 일이 주어졌다는 생각에 가슴이 벅차올랐다. 마른 나뭇가지를 지게에 짊어지고 힘찬 발걸음으로 읍내를 향해 출발했다.

시장은 어제와 달리 손님들이 꽤 있었다. 골목마다 검문 서는 날이 언제인지 다들 잘 알고 있었다. 남이 몸을 수색하고 신상을 꼬치꼬치 캐묻는 것을 좋아할 사람은 아무도 없을 것이다. 그런 날은 읍내에 나오는 것을 사람들이 꺼려하니 시장에도 사람이 없는 게 당연하다는 생각을 하며 손님을 기다렸다.

사람들 사이에서 아는 얼굴이 보였다. 가끔 솔잎을 사가는 식당 여주인이었다. 내 앞에서 발걸음을 멈췄다. 두리번거리며 뭔가 한참을 생각하더니 말을 꺼냈다.

"솔잎을 사러 왔는데 오늘은 마른 나뭇가지로구나? 그래 좋아, 대신 10전으로 해다오. 그렇게 해줄 거지?"

나에게 눈짓을 했다. 뜸들일 것도 없었다. 오늘은 마른 나뭇가지 값을 몇 전에 파느냐가 중요한 게 아니기 때문이다. 빨리 팔아치우고 도장 가게를 찾아 가야 한다. 그것이 최우선이었다.

"네, 실은 15전은 쳐 주셔야 하는데 아주머니는 자주 오시니 오늘은 10전만 주세요."

마른 나뭇가지를 배달하고 곧장 도장 가게를 찾아갔다. 길가에 인접한 유리문 안쪽에는 중년 남자 한 명이 고개를 수그리고 도장을 파고 있었다. 유리문을 드르륵 열고 들어갔다.

"안녕하세요? 가게 주인 분을 찾아왔는데요."

중년 남자는 고개를 들고 서슴없이 대답했다.

"여기 주인은 난데."

재빨리 품 안에서 권 선생의 편지를 꺼내 두 손으로 건넸다. 그것을 받아든 주인은 얼른 봉투를 열더니 단숨에 읽어 내려갔다. 다 읽고 나서 나를 빤히 훑어보곤 의자에서 벌떡 일어나 안쪽에서 작은 꾸러미 하나를 들고 나왔다.

"이걸 잘 전해 주게."

퍼렇게 겁먹은 입술로 말하며 그것을 내 앞으로 내밀었다. 그의 두 손이 미세하게 떨리고 있었다.

꾸러미를 받아들자마자 품속 깊이 집어넣고 밖으로 나왔다. 몸이 딱딱하게 굳어졌다. 가게에서 집까지 검문소도 없고 순사가 다니지 않는 길을 찾아야 했다. 좀 돌아가면 얼마든지 피해갈 수 있다. 가장 안전한 산길을 골랐다.

솔잎을 모으기 위해 안 다녀본 산이 없을 정도로 산길을 오갔다. 인가에서 최대한 멀리 떨어진 산길을 이용했다. 순사는커녕 사람 그림자조차 보이지 않는 길만 골라 걸었다. 캄캄해져서야 겨우 동네에 도착했다. 꾸러미는 식구들에게도 보여서는 안 된다. 마침 뒷산 큰 바위 부근에 옛날부터 호랑이가 산다고 해 아무도 찾지 않는 곳이 있었다. 우거진 수풀을 헤쳐 그곳에 꾸러미를 꽁꽁 숨겨 놓고 집으로 돌아왔다.

식구들과 저녁을 먹은 후 바로 잠자리에 들었다. 눈을 떠보니 이른 새벽이었다. 하늘은 오늘도 맑았다. 똑같은 채비를 하고 집을 나섰다. 뒷산으로 달려가 숨겨놨던 꾸러미를 찾아 품 안에 넣자 다시 긴장감이 되살아났다. 꾸러미가 빠지지 않도록 단단히 챙겨 골짜기로 출발했다.

낙동강 상류에 이르니 권 선생은 벌써부터 강가로 내려와 나를 기다리고 있었다. 받아온 꾸러미를 공손히 내밀었다. 그러자 권 선생은 그 자리에서 꾸러미를 바로 풀어 안에 있던 편지를 한 장씩 신중하게 읽어 내려갔다. 기쁜 표정을 감출 줄 모르는 그 모습이 어린아이와 닮아있었다. 해맑은 얼굴이었다.

꾸러미 안에 들어 있는 것은 편지뿐만이 아니었다. 권 선생 곁에서 꾸러미 안을 들여다보면 오려낸 신문 기사와 전단지 같은 종이들도 들어 있었다.

'경찰에 쫓겨 각처에 숨어 사는 동지들이 보낸 소식이겠지.'

그 중에는 우편으로 보낸 것 외에도 인편을 거쳐 손에서 손으로 전해진 것들도 보였다.

이것을 몇 달 동안이나 가지러 갈 수가 없어 그냥 시간만 보내고 있었다고 했다. 지난해 '만주'라는 나라가 세워진 후로 조선인에 대한 단속이 한층 더 심해졌다고 권 선생은 답답한 속내를 털어놨다.

누더기에 거지꼴이 된 지금은 읍내는커녕 시골길을 다니는 것조차 위험한 일이다. 근래 들어 거지 떼도 조사를 할 정도로 검문이 삼엄해졌기 때문이다. 신체검사를 해서 건강해 보이는 자는 토목작업소나 탄광 등 어디론가 데려가기도 하는 형국이었다. 그러니 지금 있는 은신처만큼은 결코 들키지 말아야 한다. 권 선생이 안심하며 언제까지나 이곳에 머물 수 있으면 좋겠다고 생각했다.

"선생님, 앞으로도 일이 있으면 언제든지 도장 가게에서 우편물 받아 올게요. 저라면 의심받지 않을 거예요."

"아니네. 이젠 괜찮아. 여기도 머잖아 발각될 거야. 그래서 다른 곳으로 옮길 준비를 하고 있다네. 이제 작별 인사를 나누세. 정말 수고 많았네."

예상치 못한 말에 서운함이 밀려오고 아랫도리의 힘이 쭉 빠져 다리가 휘청거렸다.

나에게 맡겨졌던 일은 오직 단 한 차례 이곳으로 우편물을 가져다주는 것뿐이었다. 굳은 결심을 하고 다잡았던 마음이 순식간에 허물어졌다. 앞으로 뭘 어떻게 하면 좋을지 머릿속이 하얘졌다. 섭

섭했지만 그렁거리는 눈물을 간신히 참으며 작별 인사를 드렸다.

"그럼, 선생님 모쪼록 건강하세요."

권 선생도 눈시울을 붉히며 힘없는 목소리로 대답했다.

"그래, 그럼 잘 가게나."

그는 꾸러미를 소중히 안고 숲 속 너머로 사라졌다. 새들 우는 소리도 낙동강 강물 소리도 오늘은 여느 때보다 서럽게 사방에서 울려 퍼졌다.

8

 계절은 여름을 향하고 있었다. 날이 더워질수록 솔잎뿐만 아니라 땔감들은 거의 팔리지 않는다. 종일 장터 외진 길바닥에서 손님 오기만 목 빠지게 기다리다가 지칠 생각을 하니 발걸음이 무거웠다. 그래도 터벅터벅 읍내 큰길을 지나 시장으로 갔다.
 걷다가 심심풀이 삼아 스쳐 지나가는 어른들의 모습을 보니 한 가지 흥미로운 게 눈에 띄었다. 일하러 가는 길인지 한 손에 도시락을 들고 가는 이들이 많았다. 잘 빼입은 양복에 가죽 구두를 신고 활보하는 사람, 집에서 짠 면이나 마 같은 천을 새까맣게 물들여 손바느질로 짓기는 했는데 양복인지 조선의 옷인지 분간이 안 되는 옷에 검정 고무신을 신은 사람도 있었다.
 '위에서 부리는 사람과 밑에서 시키는 일만 하는 사람의 차이겠지.'

어른들의 세상은 복잡하다. 서당에서 마을 사람들에게 글을 가르치던 권 선생처럼 학식은 높지만 불온분자라고 낙인 찍혀 산속에서 은신처를 전전하는 사람도 있고 지식은 얄팍하지만 일본인 비위를 맞추며 등 따시고 배부르게 사는 사람도 있다.

'나는 어른이 되면 어느 쪽으로 기울게 될까?'

어찌 보면 이도저도 아니게 대충 사는 사람들이 태반이다. 마음이 무거워졌다. 땔감장수들이 모여 있는 곳에 도착하니 다들 손님들을 불러 모으느라 바빴다.

"아주머님, 이 땔나무 어떠세요? 싸게 드릴게요."

"소나무 땔감예요. 불이 아주 잘 붙어요. 한번 보고 가세요."

"이 마른 나뭇가지도 보고 가세요. 가지가 고르고 잘 타는 것만 모아 왔어요."

모두가 손님들 발길을 끌려고 목청껏 외치고 있었지만 대꾸하는 손님은 좀처럼 없었다. 정오가 지나자 사람들도 줄어들기 시작했다.

'오늘도 그냥 공치는 날인가.'

시장을 나와 맥없이 길을 걷고 있었는데 길거리에 사람들이 떼지어 모여 있었다. 무슨 일인가 싶어 사람들 사이로 들여다보니 누더기를 걸친 거지 몰골의 사내 한 명이 특이한 것을 팔고 있었다. 산에서 잡아왔는지 살아있는 꿩과 비둘기 한 마리씩을 새끼 줄에 묶어 놓고 주위에 둘러선 이들에게 사 달라고 간청하고 있었다. 그 모습을 보며 사람들은 재미삼아 놀릴 뿐 사겠다고 나서는 이는 없었다. 오히려 나무라는 투로 한마디씩 던졌다.

추레한 행색의 덩치 큰 그 사나이를 찬찬히 살펴보니 어디선가 만난 적이 있었다. 가물거리는 기억을 더듬어봤다. 그는 체구가 있어 언뜻 어른스러워 보이지만 아직 열여섯이나 열일곱 살밖에 되지 않는다. 집은 읍내에서 1리 정도 떨어진 골짜기에 있는 동네인데 거기는 황씨 성을 가진 사람들만 사는 곳이다. 그도 그 마을에 사는 황 씨이고 큰 집에 살고 있었다. 그런데 왜 이런 짓을 하고 있는지 아무리 생각해도 납득이 가지 않았다.

옆에 큰 가로수가 한 그루 있었다. 팔지 못한 솔잎이 한가득 실려 있는 지게를 나무에 세워 두었다. 살아있는 꿩과 비둘기를 어떤 사람이 사 갈지 구경하는 것도 재미있는 일이고 우연히 솔잎을 사가는 사람이 나타날지도 모를 일이고. 하지만 모여 있던 사람들은 이내 하나 둘씩 흩어져 버렸다. 결국 황 아무개와 나만 남게 되었다.

서로 사는 동네가 가까우니 그도 나의 얼굴을 알아봤다. 그는 사람들이 다 가버리자 잠시 고개를 푹 떨구고 낙담했지만 곧 얼굴을 치켜들고 나에게 말을 걸었다.

"어이, 솔잎장수! 물건 파는 건 자네가 선배잖아. 이 통통하게 살찐 꿩과 비둘기는 구미가 당길 만한데 어찌 해야 팔 수 있을지 한수 가르쳐 줘."

그의 말에 놀랐다. 이런 일이라도 하지 않을 수 없는 어떤 사연이 있는 듯했다. 나 역시 솔잎장수가 되고 싶어 된 게 아니었다. 좋다 싫다 생각할 겨를도 없이 장사를 시작할 수밖에 없었으니까. 그렇게 생각하니 동병상련의 마음이 우러났다. 그의 곁으로 다가가 여전히 새끼줄에 묶여 주위를 맴돌고 있는 꿩과 비둘기를 바라봤다.

마침 오리고기 요릿집에서 일하는 어린 점원이 우리 앞을 지나갔다. 어쩌다 솔잎을 사러 올 때마다 값을 깎아대니까 마주치고 싶은 사내는 아니었다. 그러나 지금은 그런 것을 따지고 있을 때가 아니었다. 그에게 부탁해 보는 것도 나쁘지 않을 것 같아 엉겁결에 그를 불러 세웠다.

"저기요, 가게에서 꿩이나 비둘기 요리도 하지 않아요? 이것 좀 보고 가세요."

"흥, 우리 가게는 이런 건 취급하지 않아. 하지만 좋은 데를 가르쳐 주마. 거기는 일본 사람만 상대하는 요릿집이야. 거기 가면 아마 사 줄 거다."

위치를 물어 그 가게를 찾아갔다.

읍내 남쪽을 흐르고 있는 낙동강변을 따라 큰길 상류 쪽으로 걸어가니 그의 말대로 산기슭에 휑하게 세워진 벽돌집이 보였다. 문을 열고 조심스러운 목소리로 사람을 부르자 요리사 차림의 사내 한 명이 나왔다. 그에게 비둘기와 꿩을 보여 주며 사지 않겠냐고 물었더니 사내는 망설임 없이 옆 골목을 돌아 뒤쪽으로 따라오라고 했다. 좁은 통로를 따라가 보니 그곳에는 낮은 칸막이를 쳐서 만든 닭장이 빽빽하게 세워져 있었다. 대부분 닭들이 있었지만 꿩이나 비둘기도 보였다. 둘 다 희한한 구경거리라도 보는 듯 서 있으니 사내가 다가와 꿩과 비둘기를 차근차근 살펴봤다.

"이 꿩은 실하고 좋아 보이니 60전 쳐 주겠다. 이건 비둘기냐? 10전이면 되지?"

그 말을 들은 황 아무개는 신참이라 흥정할 엄두도 못 내고 그저 말없이 고개를 끄덕였다. 옆에 있던 나도 용기를 내어 짊어지고 있던 솔잎을 가리키며 말을 붙여 봤다.

"이것도 좀 사세요."

그는 눈을 내리깔며 씽긋 웃었다. 잠시 말이 없더니 같잖다는 듯 내뱉었다.

"이 정도 솔잎 따위야 6전만 내면 얼마든지 가져다준다. 그걸로 되면 창고에 놓고 가든지."

시장에서 파는 가격의 반도 안 되는 값이었다. 저녁때가 다가와 할 수 없이 흥정을 한 끝에 7전을 받아냈다.

거래를 마치고 밖으로 나오자 시골에서 읍내로 볼일 보러 나왔던 사람들의 귀갓길이 한창이었다. 그들과 엇갈리며 불과 100미터쯤 걸었을 때 황 아무개가 갑자기 이상한 소리를 지르면서 멈춰 섰다. 놀라서 뒤를 돌아보니 그는 상기된 얼굴로 입술을 실룩거렸다.

"도대체 무슨 일예요?"

그는 손가락으로 앞을 가리키며 외쳐댔다.

"저 놈이야, 저 놈! 저 놈이라고!"

손가락이 가리키는 쪽에서 일본인 가족으로 보이는 사람들이 다가오고 있었다. 양복 차림의 땅딸막한 사내와 기모노를 입고 게타를 신은 여자, 그리고 보통학교를 다닐 법한 여자 아이와 남자 아이가 행복에 겨운 표정으로 걷고 있었다. 그들이 길 건너편으로 지나가려 할 때 황 아무개가 길가에 퉤, 하고 침을 뱉으면서 성난 목소리로 고함을 지르기 시작했다.

"저 놈이야! 저 양복 입고 점잖은 척 뽐내고 있는 저 땅딸보! 저 놈이 말이야, '오이도'라고 하는 형사야. 우리 동네에 들이닥쳐 막무가내로 집 안팎을 뒤지더니 결국 아버지를 끌고 갔다고!"

그 말을 듣자마자 온몸에 불이 붙은 듯 열이 올랐다. 우리 아버지도 경관들에게 끌려간 지 한참 지났다. 둘 다 같은 운명에 처해 있다는 게 머릿속에 똑똑히 각인됐다. 일본인 가족은 경쾌한 발걸음으로 우리가 방금 나온 요릿집으로 들어갔다. 황 아무개가 팔고 온 꿩과 비둘기가 그들의 밥상에 오르게 될지도 모르겠다.

푸릇한 잎을 드리운 가로수가 긴 그림자를 드리우기 시작했다. 시장에 나온 사람들도 발걸음을 서두르고 있다. 반복되는 일상이지만 매일 이 시각이 되면 마음이 조급해진다. 날이 저물어버리면 밤길을 걷기가 수월치 않기 때문이다. 읍내를 벗어나자 거기서부터는 행선지가 달라 황 아무개와는 헤어졌다.

오늘은 그로 인해 솔잎을 싸게 팔아버리는 바람에 밑진 장사를 한 것 같다. 하지만 한편으로는 동지가 한 명 생겨 든든했다. 아버지들이 잡혀간 집들이 많다. 그도 비슷한 처지니 앞으로는 뭔가 의논해볼 수 있을 것 같은 친근감이 느껴졌다.

그 후 그와 열흘 이상 만나지 못했다. 단오가 지난 얼마 뒤였다. 단오 날 행사가 열렸을 때는 사람으로 붐비던 시장통이 다시 한산해졌다. 굴뚝마다 연기를 자욱이 뿜어내며 기름진 음식 냄새를 풍기던 식당들도 거의 문을 닫았다. 썰렁한 길거리를 뚜벅이며 소리치고 다녔다.

"솔잎 사세요! 솔잎! 여기 솔잎이 있어요! 솔잎!"

그 때 바로 앞 가게에서 황 아무개가 나왔다. 꿩과 비둘기를 팔러 왔을 때와는 완전 다른 모습이었다. 손으로 짠 비단을 밝은 회색으로 염색해 지은 양복 모양새의 옷을 입고 있었다. 언뜻 보기에 진짜 양복을 입은 것처럼 보여 더욱 놀랐다. 그가 머쓱한 낯빛으로 인사를 했다.

"잘 지냈니? 지난번에는 고마웠어. 홧김에 그런 짓도 해봤다가 어머니한테 크게 꾸지람을 들었어. 앞으로 어찌 될지는 모르지만 제대로 살아보기로 했어."

그는 그간의 사정을 들려줬다. 경관한테 끌려간 그의 아버지는 교회가 운영하는 보통학교에서 일본어를 가르치는 교사였다고 한다. 그런데 어느 날 학교 뒷산에 숨어 교실을 몰래 감시하고 있던 형사들한테 수업 내용을 들켜 버렸다고 했다. 저항 정신이 강해서였는지 '천황폐하'로 칭해야 할 부분을 몇 번이나 '천황'이라고 했다는 것이다. 지난해 만주가 건국된 이후 한층 삼엄해진 사상범 단속 탓인지 그것으로 책잡혀 그의 아버지는 불온분자로 찍혔고 결국 구속되고 말았다. 학교며 자택은 물론 근처에 사는 신자들의 집까지 수색을 당했는데 다행히 동네 사람들이 황 아무개 가족들에게 우호적이었다. 그래서 아버지한테서 배운 일본어를 동네 아이들에게도 가르쳐 주기로 결심했다며 자신의 각오를 말했다.

배우지 않고 이대로 살면 모두 다 까막눈이 되어 버린다. 일본은 조선을 식민지로 만든 것도 모자라 한글의 출판물까지 금지시킨다고 한다. 그렇게 되면 우리는 자기 이름조차 쓸 줄 모르는 사람이 되고 말 것이다. 내가 그렇게 되지 않도록 그는 나에게 시장에서 돌아오는 길에 들러 일본 글자 연습이라도 해보지 않겠냐며 공부를 권했다.

그의 말이 맞다. 지금까지는 마을에 서당이 있었으니까 그곳으로 다들 글을 배우러 다녔다. 서당이 문을 닫고 나서 나도 글과 거리가 멀어졌다. 앞으로는 일본글이 난무하는 세상이 도래할 것이다. 신문도 잡지도 다 일본어로 쓰이고 있다. 글도 모르는 사람이 되지 않으려면 그의 권유를 받아들일 수밖에 없다. 그의 말대로 당장 찾아가 배우기로 했다.

첫 수업이 마침 오늘 저녁이라고 일러줬다. 솔잎을 팔고 나서 약속대로 그를 찾아갔다. 그의 일가는 조선시대의 양반이었던 것 같다. 흙담도 허물어져 가고 대문은 기울어져 변변찮게 보였지만 많은 하인들을 부리고 살던 권세가였음이 엿보였다. 옛날에 쓰던 크고 작은 방이 몇 개나 있었는데 그 중 큰 방 하나를 교실로 쓰고 있었다.

들어가 보니 벌써 8명 정도 모여 있었다. 그런데 교실이라고 하면서도 책상은커녕 칠판조차 없었다. 모두가 둘러앉은 한가운데에 큰 벼루와 끝이 다 닳은 붓 몇 자루만 놓여 있을 뿐이었다.

그럼에도 사람들의 태도는 진지했다. 그 중에는 나이가 꽤 들어 보이는 사람도 있었고 아직 열 살도 안 되어 보이는 아이도 있었다. 다들 신중한 표정으로 황 아무개를 선생이라 불렀다.

수업은 교과서를 만드는 것부터 시작했다. 황 선생은 읍내에 아는 사람들로부터 모아 왔다는 헌 신문지 다발을 가지고 들어왔다. 그것을 공책 크기로 잘라서 실로 꿰매 각자가 쓸 공책을 만드는 것이었다. 그 정도는 서당에서도 해본 터라 순조롭게 할 수 있었다.

일본어 책은 황 선생이 갖고 있는 단 한 권뿐이었다. 모두가 그것을 들여다보면서 묵을 듬뿍 묻힌 붓으로 자기가 만든 헌 신문지 공책에 베껴 썼다. 그 후 황 선생은 히라가나ひらがな 발음을 가르쳐 줬다.

"아이우에오 가키쿠케코."

あいうえお　かきくけこ。

다들 따라 했지만 발음이 서툴기 그지없었다. 웃음소리가 터져 나왔다. 거기에 맞장구치듯 우스갯소리를 덧붙이는 사람도 있었다. 그런 가운데 이러저러한 말들이 오가며 딱딱했던 분위기가 한결 부드러워졌다. 처음 들어왔을 때의 서막한 분위기는 사라지고 왁자지껄 화기애애한 교실로 바뀌었다. 그때 황 선생이 자리에서 벌떡 일어서더니 큰 소리로 말했다.

"여러분, 이러면 어떨까요? 우리는 낮에는 일하고 밤에는 배웁니다. 그 배움의 터전을 서당처럼 규율이 엄한 곳으로 만들어 버리면 피로만 더 쌓이지 않겠어요? 그러니 이곳을 배움과 더불어 속내를 나누며 답답한 마음을 풀 수 있는 곳으로 합시다."

모두가 손뼉을 치며 고개를 끄덕였다.

그렇게 일본어 교실이 만들어졌고 나도 학생이 되어 수업을 받으러 다니게 되었다. 날이 갈수록 일본어 배우는 재미도 더해지고 수업에 참여하는 학생도, 동무도 늘어났다.

9

가을에 수확한 것들 중 소작료와 세금을 내고 남은 몫이 식구들의 양식이다. 아무리 아껴 먹어도 겨울 한철 버티는 게 고작이다. 봄철에는 먹거리가 거의 바닥을 드러낸다. 동네 사람들 대부분 이런 생활에 허덕이고 있지만 굶어죽은 사람이 없는 것만으로도 다행스런 일이다. 시장에서 돌아오는 길 머릿속은 이런 생각들로 꽉 차 있었다.

산길을 걸어 저녁부터 시작되는 일본어 교실로 향하고 있을 때였다. 바로 앞에 보이는 골짜기에서 사람의 인기척이 들렸다. 저런 곳에서 뭘 하나 싶어 쳐다보니 남자가 아니라 여자인 것 같았다. 하도 이상스러워 다시 자세히 봤다. 연로해 보이는 어르신 한 분이 낫으로 열심히 소나무 줄기를 벗기고 있었다. 처음에는 미신을 믿고 부적이라도 붙이는 게 아닌가 싶었지만 그건 아닌 것 같았다. 주위에는 이미 가지마다 껍질이 벗겨져 아픈 속살을 드러내고 있는 소나무가 몇 그루나 보였다.

아무리 생각해도 심상치 않은 일이었다. 나는 솔잎장수다. 솔잎을 모아 팔러 다니는 나에게 소나무 숲만큼 귀한 것은 없다. 그 소나무에게 무참히 상처 주는 것을 보고 그냥 지나칠 수는 없었다. 소리를 지르면서 골짜기로 내려갔다.

"이보세요!"

가까이 다가가보니 잘 아는 할머니였다. 근처 골짜기에 달랑 한 채뿐인 집에 사는 강 씨 아저씨의 어머니였다. 모자 둘이 사는데 그 집 아들인 강 씨 아저씨가 어머니만 남겨두고 일본으로 일하러 갔다가 무슨 사고를 당했다고 했다. 그 때문에 한쪽 다리가 절단되고 목숨만 겨우 살아 돌아와 지금은 집에 있다는 것 같았다. 그런 소문이 들려왔기에 이 기회에 그것도 확인해보고 싶었다.

"할머니, 안녕하세요? 강 씨 아저씨 일본에서 돌아왔다고 하더라고요?"

"그래, 그런데 왜?"

"일본에서 살다 왔으니 일본말 잘하시겠네요. 저도 요즘 일본어 교실에 다니고 있거든요."

"그따위 말은 듣기도 싫다. 울화통만 터질 뿐이야."

"근데 할머니, 앞으로는 일본말만 통하는 세상이 된다고들 해요. 강 씨 아저씨처럼 일본에서 직접 배워온 본토 일본말을 저도 배우고 싶어요. 놀러 가도 되죠?"

할머니는 아무리 기다려도 대답이 없었다. 그저 묵묵히 낫으로 소나무 겉껍질을 벗긴 후 그 속의 연한 속껍질을 얇게 벗겨내고 있었다.

아무래도 할머니는 그것을 양식으로 삼고 있는 것 같았다. 소나무 속껍질도 먹을 수 있다는 이야기를 어디선가 들어본 적이 있다. 그 생각이 나니 이것저것 더 물어 볼 필요도 없었다. 할머니 주변에서 미적거리다 그 자리를 떠나기는 했지만 그렇게 껍질을 벗겨내도 소나무가 말라 버리지 않고 살 수 있을지 걱정스러웠다. 벼랑길을 올라가다 다시 뒤돌아보며 큰 소리로 외쳤다.

"할머니, 강 씨 아저씨한테 물어봐 주세요. 꼭요! 일본말 배우러 갈 테니까요!"

교실에 도착하니 변함없이 대여섯 명 정도가 미리 와서 일본어를 읽고 있었다.

"하루가키타 노모야마모 하나자카리."

ハルガキタ　ノモヤマモ　ハナザカリ。

(봄이 왔다. 들에도 산에도 꽃이 만발했다.)

어쩔 수 없다. 일본어를 배우지 않으면 시장에 나가 장사도 할 수 없는 세상이니 말이다. 일본어 모르는 자는 사람도 아니라고 관리들이 떠들어대고 다닌다. 남의 나라말을 배우려니 머릿속이 뒤죽박죽되고 아리송하지만 반드시 배워서 익혀야겠다고 마음먹으며 자리에 앉았다. 그때 옆에 앉아 있던 남자가 말을 시켰다.

"순덕이 자네는 일본인 주택가로 솔잎을 팔러 다닌다고 하던데 일본말을 꽤 잘하는가 보지? 어디 능숙한 일본말 한번 들려주게."

선뜻 내키지는 않았으나 일본인 주택가를 다니면서 하는 말을 교실이 쩌렁쩌렁 울릴 만큼 큰소리로 연달아 외쳤다.

"마쓰바 갓데 구다사이, 마쓰바."

マツバ、カッテクダサイ、マツバ。

(솔잎 사세요. 솔잎.)

내가 교실에서 배운 일본말 이외에 알고 있는 말은 이런 것뿐이고 솔잎 팔 때는 이 정도 말만 알면 충분하다. 이것도 조선말 잘하는 일본 부인한테 배운 것이다. 솔잎 지게를 지고 돌아다니면서 이 말만 외쳐댄다. 일본인 주택가에 다닌다고 하면 당연히 일본말을 잘한다고 여기는데 그렇지도 않다. 사실 일본인 주택가에서 일하는 식모들 중에는 조선인이 많다. 그들은 일본말은 커녕 물건을 팔러 간 사람들에게 조선말로 막말을 하거나 함부로 대하는 일이 태반이다. 일본인 집에 간다 해도 일본말은 거의 들을 수 없고 조선말 욕설만 귀가 아프도록 듣기 일쑤여서 그렇게

욕을 먹고 나면 귓전이 윙윙거린다. 일본어 교실에서라도 이렇게 배우지 않으면 히라가나ひらがな조차 쓸 줄 모르는 무시렁이라고 업신여김을 받는다고 생각하며 그날 수업을 마쳤다.

집으로 돌아오니 어머니도 어디선가 강 씨 아저씨의 소문을 듣고 왔는지 저녁을 먹으며 나에게 말했다.

"네가 일본어 교실에 다니는 건 좋지만 행여 돈 번다고 일본 같은 곳에 갈 생각은 꿈에서라도 마서라 그렇게 덩치 좋던 강 씨도 일본 갔다가 한쪽 다리를 잃고 돌아왔다지 뭐냐. 너 같은 어린애는 죽어도 모를 일이야."

요새 읍내는 일본으로 돈 벌러 가고 싶어 하는 사람들로 바글바글하다. 하지만 좀처럼 가기가 어렵다. 경찰이 발행하는 도항 증명서라는 게 필요하기 때문이다. 그것을 얻기 위해서는 상당한 돈이 있거나 관리들 얼굴이라도 알고 있어야 한다. 그들 주머니에 찔러 넣어줄 돈도 필요하다는 것은 모두가 아는 상식으로 통한다.

다음날 솔잎을 짊어지고 시장을 향해 가는 도중 할머니가 껍질을 벗겨 내 속살이 드러난 골짜기의 소나무들이 몇 그루나 눈에 띄었다. 마치 흰 붕대라도 감고 있는 것처럼 보였다. 소나무가 아파 보여 마음에 걸렸지만 무엇보다 크게 다쳐서 돌아왔다는 강 씨 아저씨를 만나보고 싶었다. 그는 나에게 항상 호탕하게 웃어주는 다정한 형처럼 느껴졌었다. 일본에 가기 전에는 가끔 만났었는데 말이다.

시장 입구에 이르니 황 선생이 서 있었다. 주위를 둘러보며 조바심치는 모습이었다.

"선생님 여기서 뭐 하고 계세요?"

"자네를 기다리고 있었어."

"네? 무슨 일인데요?"

"오늘은 일본인 주택가에 솔잎 팔러 안 가나?"

"시장에서 팔리지 않으면 그쪽으로 가요. 오늘은 지금부터 가도 상관없어요."

"그럼 좀 그리 해 주겠니? 시장 풍경이며 자네가 물건 팔러 다니는 모습을 잘 봐두었다가 그걸로 극본을 써보고 싶거든. 자네가 어제 교실에서 모두에게 들려줬잖아. '솔잎 사세요. 솔잎' 이라고. 그 말을 들으면서 이런 생각이 떠올랐어. 물건을 사고파는 정경을 연극식으로 꾸며서 학생들이 다 같이 연기를 해보면 효과적인 일본어 공부가 되지 않을까 하고 말이야. 솔잎 팔러 다니는 모습을 따라다니며 봐도 되겠지?"

"그럼요. 저를 따라오시면 돼요."

'뭘 하려는 건지 모르겠지만 선생의 부탁이라면 들어줘야지.'

일본인 주택가를 향해 걷기 시작하자 선생도 일정한 간격을 두고 뒤따라왔다. 솔잎 팔 때 주고받는 말이 뭐 그리 대수로울까 싶었다. 더군다나 일본인 주택가에서 오가는 일본말은 어떤지 모르지만 조선말은 욕설투성거늘 그런 품위 없는 말을 들으면서 솔잎을 팔러 다니는 내 모습을 황 선생도 보게 될 것이라 생각하니 비참했다.

늘 하던 대로 집집마다 문을 두드리고 기웃거리며 '마쓰바 갓데 구다사이, 마쓰바'를 반복하며 걸었다. 오늘도 이 집 저 집에서 한 성깔 있는 식모들이 하나 둘 밖을 내다봤다. 마침 그때 맞은편에서 기모노에 게타를 신은 중년 부인 한 명이 내 쪽으로 걸어왔다. 옆으로 스쳐 지나가는 순간 머리를 꾸벅 숙이며 솔잎을 권해 봤다.

"마쓰바 갓데 구다사이, 마쓰바."

중년 부인은 씽긋 웃으며 서툰 조선말로 대답했다.

"일본말을 잘 하네요. 사줄게, 얼마예요?"

그 태도에 자못 놀랐다. 일본인 중에도 이 정도 조선말을 하는 사람이 있다는 게 몹시 기뻤다. 기분이 좋아 시장에서 파는 것보다 싼 값을 불렀다. 집도 마침 근처여서 바로 배달해 주고 나왔다. 황 선생도 인근 골목에서 그 모습을 지켜보고 있었다. 무엇이 도움 되었는지 알 수는 없었지만 뚱한 표정으로 말했다.

"고마워. 자네는 역시 소문대로 일본 사람에게 물건을 잘 파는군."

황 선생은 다른 볼일이라도 있는 것처럼 황급히 어디론가 그냥 가 버렸다. 동행이 싱겁게 끝나 버려 당황스러웠다. 이 정도로 끝난 것인가 싶어 김샌 느낌이었다. 어정뗬지만 나도 솔잎이 팔린 이상 이곳에 더 머물 이유가 없어졌다.

집에 돌아갈 생각으로 읍내 밖으로 나오자 경관과 몇몇 사람이 포플러 나무 아래에 검문소를 설치하고 있었다. 그들은 통행자들을 마구잡이로 불러 세워 조사를 한다. 그런데 오늘은 일본말이 아니라 조선말만 들리고 가벼운 농담도 나누는 듯 했다. 평소와는 다른 분위기라고 생각하며 다가갔다. 순사들이 전부 조선 사람들이었다. 금줄이 쳐진 모자를 쓴 일본인 순사는 한 명도 없었다. 윗사람의 눈치를 보지 않아도 되는 곳에서는 조선말로 얘기하며 긴장을 풀고 있는 것 같았다. 아주머니가 장보고 온 가방을 열어 그 안을 조사하면서 이야기를 주고받고 있었다.

"아주머니, 장을 엄청 많이 보셨구먼. 옷감에서부터 신발까지 없는 게 없네. 돈 없는 사람은 못 사는데 부럽소이다."

"그렇다오. 일본으로 돈 벌러 간 아들이 매달 용돈을 보내 준다오. 지난달은 10원, 이달에는 20원이나 보내 주더이다."

"대단하네! 탐나는 건 뭐든지 살 수 있겠소이다. 장한 아들 두어 참말로 좋으시겠소."

순사뿐만 아니라 나도 부러웠다.

'그렇게 돈벌이가 잘 되는 일본이란 과연 어떤 곳일까?'

그것이 궁금하기 이를 데 없다. 이어 나의 검문 차례가 되었다. 이럴 때를 대비해 암기해 둔 일본말이 있다. 의미도 모르고 외우기만 했지만 그 중 하나를 줄줄 읊기만 하면 꼬치꼬치 따지지 않고 그냥 통과시켜 준다. 오늘도 그런 식으로 통과하자 싶어 그들 앞에 서자마자 일본어를 큰소리로 외쳤다.

"와레와레와 고우코쿠 신민나리."

ワレワレハ、コウコクシンミンナリ。

(우리는 황국신민입니다.)

순사 한 명이 헤벌쭉 웃으며 손을 앞으로 휘저었다.

"알았다. 됐으니 그냥 가거라."

검문소에서 그들이 하는 말은 '일본 사람과 같은 색깔옷을 입읍시다. 일본말을 배웁시다. 궁성요배를 합시다.'로 정해져 있다. 그런데 오늘은 그 말을 안 했다. 싱거운 검문이었다.

돌아오는 길에 일본에 간 아들이 다달이 큰돈을 보내 준다는 아주머니의 말이 귓가에서 내내 맴돌았다. 일본에 일하러 갔다가 한쪽다리를 잃고 돌아온 강 씨 아저씨와는 하늘과 땅 차이였다.

솔잎장수

오늘은 일본어 교실에 가기 전에 강 씨 아저씨네 집을 가보고 싶단 생각이 들었다. 꽤 오랫동안 못 가봤다. 그 집은 조금만 걸으면 보이는 골짜기에 있다. 갈까, 말까 망설이다가 그쪽으로 발길을 돌렸다.

강 씨 아저씨네 집은 덤불 속 꼬불꼬불한 좁은 길을 걸어가야 한다. 바닥이 울퉁불퉁해서 몇 번이나 돌에 걸려 넘어질 뻔했다. 골짜기에 외따로 한 채뿐인 그 집이 눈에 들어왔다. 저녁 준비하기에는 이른 시간인데 뭘 끓이고 있는지 굴뚝에서 연기가 모락모락 올라오고 있었다. 마당에 들어서자 기척을 들었는지 강 씨 아저씨가 방문을 열어 놓고 기다리고 있었다. 비탈길 내려오는 나를 집 안에서도 알아본 것을 보면 내 얼굴을 기억하고 있었나 보다. 일본에 가기 전 몇 번 만난 정도지만 문 앞에서 마주한 그의 모습은 예전과는 전혀 다른 사람이었다. 볼이 푹 꺼지고 바짝 말라 있었다. 그리고 그의 오른쪽 다리는 허벅지 아래부터 잘려 나가서 없었다. 아저씨는 나를 빤히 쳐다보며 옛 생각에 젖어 있는 표정이었다.

"아저씨, 오랜만에 뵙네요. 다친 곳은 좀 어떠세요?"

다가가 인사를 하니 예전처럼 활짝 웃으며 잘 왔다고 목 메인 목소리로 나를 반겨줬다.

방 안에는 이불이 깔려 있었다. 다친 곳이 많이 아파 누워 지내는 시간이 많다고 했다. 어머니와 단 둘이건만 이제 농사일도 할 수 없는 형편이고 어머니 혼자 짓는 농사로는 생활이 안 되니 앞으로 어떻게 살아가야 할지 막막하다며 한탄했다. 그때 할머니가 방문턱에 따뜻한 물이 가득 든 대야와 수건을 밀어 넣어주며 말했다.

"이걸로 몸을 좀 깨끗이 닦아라."

아저씨는 옷을 벗더니 따뜻한 물에 수건을 적셔 몸을 닦았다. 나도 옆에서 수건을 물에 적셨다 짜주고 등도 닦아줬다. 절단된 한쪽다리에 눈길이 닿을 때마다 가슴이 저릿했다. 평생 왼쪽다리 하나로만 살아가야 할 날들을 생각하니 안타까웠다.

이번에는 할머니가 일부러 찾아와줘 고맙다며 소나무 껍질로 찐 떡을 내왔다. 보통 떡처럼 하얗지 않고 약간 붉은 빛이 돌았다. 한입 베어 물어보니 찰지고 단맛도 났다. 떡을 씹으면서 아저씨는 이야기를 계속했다.

"그래도 나는 운이 좋은 편이야. 같이 일본으로 갔던 조선사람 중에는 터널 공사하다가 떨어져서 죽은 사람도 몇이나 있어. 장례도 제대로 못 치렀어. 허물어진 흙과 돌덩이 속에서 파헤쳐낸 송장을 어디서 화장시켰는지 유골만 작은 흰 상자에 담아 놓았더군. 실제로 내가 본 건 그게 전부야. 그 유골들을 조선에 있는

솔잎장수

가족들에게 보내 줬는지 어쨌는지 그것도 알 수 없지. 나도 병원으로 실려가 정신을 차린 뒤에나 다리가 잘려나간 걸 알았어. 그땐 내가 살아 있다는 생각이 안 들더라. 이러쿵저러쿵 말해 봤자 한숨만 나와. 아무튼 목숨만 건져서 돌아온 셈이지."

상처도 아물지 않은 상태지만 송환 명령이 떨어져 그대로 돌아올 수밖에 없었다고 한다. 강 씨 아저씨는 그 어디에도 풀 길 없이 가슴에 맺힌 이야기를 쏟아냈다.

내가 무엇보다 궁금했던 건 돈벌이에 대해서였다. 일본에 가면 돈을 많이 벌 수 있는 것인지 그게 알고 싶었다. 마음을 모질게 먹고 물어봤다.

"그런데요, 아저씨. 듣자니 일본에 일하러 간 사람이 매달 돈을 많이 보내 준다고 하던데요? 정말예요?"

"그건 그렇지. 일하러 나가는 날은 누구든 일당이 1원이야. 비 오는 날도 있지만 열심히 하기만 하면 함바飯場에서 밥값 제해도 한 달에 12원은 벌 수 있지."

그 말을 들으니 바로 이해가 갔다. 하지만 위험도 따른다. 어느 쪽을 택할지는 나중 일이지만 일본어 공부를 열심히 하지 않으면 살아갈 수 없다는 생각이 더 강해졌다.

소나무 껍질 떡도 먹고 이야기도 듣다 보니 꽤 시간이 흘렀다. 강 씨 아저씨에게 고맙다는 인사를 하고 일본어 교실로 향했다.

골짜기 입구에 이르렀을 때 일본인 주택가에서 헤어졌던 황 선생 모습이 멀찌감치 보였다. 꽤나 지친 걸음걸이로 고갯길을 넘고 있었다. 큰소리로 부르며 쫓아가니 황 선생도 나를 알아본 듯 길 한쪽에서 기다려줬다. 헉헉거리며 그쪽으로 달려갔다.

"어디서 일 보고 오시는 길인가 봐요, 선생님?"

"응. 내가 생각을 좀 해봤는데, 일본어 공부 방침을 바꿔야 할 것 같아. 교과서에 실린 점잖은 일본말만 배워 봤자 아무 소용이 없을 것 같아서. 자네 솔잎 팔 때 모습이 큰 도움이 됐어. 일상적으로 쓰는 조선말을 일본말로 바꿔 공부하는 방법이 없을까 늘 고민했었거든. 오늘 드디어 좋은 생각이 떠올랐어. 먼저 시장 풍경을 연극으로 꾸며서 같이 해보면 어떨까 싶어. 자네가 잘하는 '솔잎 사세요, 솔잎'이 '봄이 왔다. 봄이'보다 훨씬 쓸모가 있지 않겠어? 오늘 읍내 주변에서 일본어를 공부하고 있는 동무들하고도 상의를 해봤는데 다들 도와주겠다고 하더군. 누구든 간단히 말할 수 있는 실용적인 일본어 연극 극본을 한번 써보려 해."

황 선생은 들떠서 말하더니 흡족한 표정으로 하늘에 대고 몇 번이나 크게 심호흡을 들이내쉬었다.

그는 교실에서 연극 이야기를 흥미진진하게 설명해줬다. 어떤 연극을 하게 될지 모르지만 그런 일에는 다들 인연도 경험도 전혀 없었다. 노래를 부르거나 들썩들썩 어깨춤을 추는 일은 자주 있었지만 연극이라고 하니 거창하게 들렸다. 더구나 그것을 일본말로 한다고 하니 모두들 황당해했다.

여러 의견들이 나왔다. 부잣집 아이들이나 상당한 수재가 아니면 못 다니는 읍내의 공립 보통학교에서는 1년에 한 번씩 학예회라는 것을 하는데 그때 연극을 한다고 했다. 우리들이라고 못할 게 없지 않겠냐며 맞장구를 쳤다. 학생들은 해보고 싶어 하는 눈치였다. 그들의 의욕에 불이 붙는 게 느껴졌다.

이튿날 솔잎이 빨리 팔려 오전 동안 시장 안을 돌아다녀 봤다. 사람이 많이 모여 있기에 들여다보니 생선을 헐값에 팔고 있었다. 농번기마다 잘 팔리던 자반고등어가 올해는 많이 남은 것 같았다. 여름을 앞두고 떨이로 파는 모양이었다.

"자아, 자반고등어 싸게, 싸게 팔아요! 한 마리에 3전이요! 3전! 3전! 잘 절인 맛있는 고등어! 3전은 소금 값이요, 고등어는 공짜네 공짜! 싸게, 싸게 사세요!"

값이 싸기는 했다. 인산인해인 틈을 비집고 들어가 산더미같이 쌓인 자반고등어 중에서 가장 커 보이는 것으로 두 마리 골라냈다. 꼬리를 잡고 들어보니 묵직했다. 값을 치르고 나서 지게에 매달았다.

달랑달랑 고등어를 매달고 걸으니 슬그머니 웃음이 새어나왔다. 생선을 먹을 수 있는 날은 특별한 날뿐이다.

'큰 자반고등어를 두 마리나 들고 가면 어머니가 많이 놀라시겠지?'

고개 아랫녘에 이를 무렵 어제 소나무껍질 떡을 주신 할머니와 강 씨 아저씨의 얼굴이 떠올랐다. 아저씨는 지금쯤 침침한 방구석에서 마음껏 돌아다닐 수 없는 바깥만 내다보고 있을 터이다. 여러 이야기를 들려준 인사로 고등어 한 마리는 강 씨 아저씨네 드리면 좋을 것 같았다. 집에는 한 마리만 가져가도 어머니는 기뻐하실 것이다. 골짜기 쪽으로 방향을 돌렸다.

덤불 숲길을 빠져나와 그 집 앞에 이르니 역시나 아저씨는 방문을 열어 놓고 밖을 내다보고 있었다. 앞마당에 들어서자마자 등에 진 지게를 내려놓고 묶어 놓았던 자반고등어 한 마리를 아저씨에게 건네줬다. 옆방에서 할머니가 뛰어나와 몇 번이나 고맙다고 하며 부엌으로 날랐고, 강 씨 아저씨가 잠깐 앉았다 가라고 해서 방 안으로 들어갔다. 오늘도 소나무껍질 떡을 대접받았다. 갑자기 또 일본 이야기가 듣고 싶어졌다.

"아저씨, 일본에 있을 때 혹시 연극 본 적 있어요?"

"응, 있지. 1년 반 정도밖에 안 있었지만 두세 번 정도 봤어. 일본말로 '시바이'라고 해. '좀마개'라는 사무라이 상투 가발을 쓴 배우들이 무대로 나와서 일본 칼을 들고 칼싸움을 시작하면 관객들이 박수를 치면서 아주 신나하지."

일본에는 마을마다 큰 극장이 있다고 했다. 비싼 입장료를 내고 극장을 찾는 관객들이 많은 것을 보면 일본 사람들은 시바이란 것을 굉장히 좋아하는 것 같다고 했다. 어떻게 하는 것인지 상상은 안 갔지만 아무튼 일본은 연극이란 것도 발전한 나라구나 싶었다. 그 연극을 시골 작은 교실에서 공부하는 사람들이 한다니 점점 흥미가 생겼다.

집으로 돌아가 어머니께 자반고등어를 드리고 바로 교실로 갔다. 그럭저럭 극본도 완성된 것 같았다. 황 선생은 각각의 역할을 알려줬다. 내용은 처음부터 끝까지 시장 풍경뿐이고 노래나 춤은 하나도 없었다. 등장하는 사람은 상인과 손님으로 나뉘어 있었고, 이들이 대화를 주고받는 식으로 짜여 있었다. 대사는 전부 일본어였다. 열심히 외워야 했다.

헌 신문지를 잘라 만든 대본 같은 것을 하나씩 받아 들었다. 펴 보니 붓글씨로 쓰인 어려운 일본어가 빼곡히 적혀 있었다. 잡화점부터 문구점, 농기구 가게도 있었는데 사는 사람이든 파는 사람이든 물품 명단부터 가격 흥정까지 외워야 했다. 나는 잡화상역으로 정해졌다. 대사는 이런 내용이었는데 긴 대사도 몇 군데나 있었다.

"이 신발 사세요. 질 좋고 부드러운 고무로 만든 고무신입니다.

오래 신을 수 있어요. 보릿짚으로 짠 모자는 어떠세요? 비오는 날에는 우산 대신 쓸 수도 있어요. 큼직하고 좋은 모자입니다."

그래도 열심히 수업을 들은 덕분에 가타카나カタカナ는 모두 읽을 수 있게 되었다. 의미는 몰라도 대사는 꼭 암기해야 했다. 황 선생에게서 받은 대본을 옷 사이에 끼워 넣고 다니며 길을 걷다가도 농사일을 하다가도 틈만 나면 꺼내서 대사를 외우고 또 외웠다. 농기구 장수가 된 사내는 매일같이 '가마이랑카, 구와오 가이나사이(カマイランカ、クワヲカイナサイ : 낫 사시오, 괭이 사시오.)'라는 일본말만 하고 있으니 이제는 조선말을 잊어버리겠다며 쓸쓸하게 웃었다. 모두가 최선을 다했다.

그러던 어느 날, 읍내에서 우연히 황 선생을 만났다. 나는 문득 강 씨 아저씨로부터 들은 일본의 시바이라는 게 떠올라 선생에게 얘기해 봤다. 그러자 관심을 보이며 강 씨 아저씨를 만나보고 싶다고 했다. 그 길로 또 강 씨 아저씨 집에 가게 되었다.

한쪽다리만으로 돌아다니기란 쉬운 일이 아니다. 오늘도 방에서 문밖을 내다보고 있을 것이라 생각하며 골짜기 쪽으로 접어들었다. 강 씨 아저씨가 지팡이를 짚으며 걷고 있었다. 의외의 모습이었다. 두어 걸음 걷다가 쉬고 또 두어 걸음 걷다가 쉬면서 걷는 연습을 하고 있었다. 아직은 더디고 힘들지만 조금씩 걸을 수 있게 된 것은 분명했다.

황 선생하고 같이 다가가는 것을 아저씨도 봤는지 길가 나무 그늘에 앉아 우리를 기다려 주었다. 거기서 다시금 시바이 이야기를 들을 수 있었다. 이번에는 농촌의 청년단 단원들이 배우로 분장을 하고 나와 그 마을 신사 경내에서 연기했던 이야기를 꺼냈다. 어두운 밤, 신사 마당 양쪽에 피워 놓은 모닥불을 조명 삼아 사무라이 모습으로 분장한 청년들은 마을 사람들에게 열정적인 무대를 선보였다고 했다. 강 씨 아저씨는 두 팔을 올렸다 내렸다 그들의 흉내를 내며 흥미진진하게 들려줬다.

그런 이야기를 듣는 것은 황 선생도 처음이었는지 많이 참고가 되었다면서 고맙다고 했다. 그러나 그 정도는 조선에서도 흔히 구경할 수 있는 광경이었다. 무당을 불러 굿판을 벌일 때와 비슷하니 말이다. 연극이라고 특별히 어렵게 생각할 필요도 없었다. 모두가 힘써 공부하며 열의를 가지고 연습하고 있다. 언젠가는 우리도 무당이 잔치 굿판을 벌이는 것처럼 모닥불이 활활 타오르는 넓은 마당에 마을 사람들을 모아 놓고 일본어 대사를 큰 소리로 외치면서 연극판을 열어보자고 기약하며 환하게 웃었다.

그로부터 얼마 뒤였다. 고생 끝에 외운 대사를 잊어버리기 전에 연극을 해보고 싶다고 학생들이 먼저 나서서 말했다. 본격적인 연극 연습을 시작하게 되었지만 특별한 의상도, 준비해야 할

도구도 따로 없었다. 늘 입고 다니는 옷에다 어느 집에서나 쓰는 도구들을 각자 들고 오는 것으로 충분했다.

우리는 되풀이해서 연습했다. 전원이 참가해도 황 선생을 포함해 일곱 명이 전부다 보니 북적이는 시장 분위기가 나지 않고 썰렁했다. 장사꾼이 세 명, 나머지는 장보러 온 손님 역할을 했다.

"이건 얼마요?"

"3전이에요. 싸죠?"

"아니, 비싸오. 2전으로 깎아 주시게."

대사를 큰소리로 외치며 흥정을 주고 받으니 그런대로 분위기가 살아났다.

마침내 공연 날을 잡았다. 먼저 관객을 모으기로 했다. 이곳에 일본어 교실이 있다는 것을 알릴 수 있는 기회이기도 하니까 가급적 많은 사람들의 관심을 불러 모을 수 있도록 제대로 선전해 보자고 했다. 이왕 하는 김에 근처 집들은 물론 이웃마을 사람들에게도 알리기로 했다.

공연은 저녁 식사를 다 들 마쳤을 무렵에 시작했다. 보름달이 훤히 비추는 밤이었다. 농가에서 빌려 온 멍석을 마당에 널찍하게 깔고 어둠을 밝히기 위해 모닥불도 피웠다. 관객들이 마당에 다 들어오지 못해 담 밖에서 기웃거릴 정도로 넘쳐났다. 그렇게 막이 열렸다. 대사가 전부 일본말이라 관객들은 그 뜻을 도통 알아듣지 못한다. 그럼에도 모두가 몰입해서 우리의 공연을 봐주었다.

연극이 끝날 즈음 앉아 있던 관객들이 하나 둘 일어서더니 덩실덩실 춤을 추기 시작했다. 이어 노래를 부르는 사람도 있었다. 어디서 들고 왔는지 쇠로 된 대야며 냄비를 두들기며 장단을 맞추는 사람까지 나왔다. 일본말 연극 같은 것은 아무래도 좋았다. 오랫동안 금지 당했던 조선의 노래와 춤으로 신명나게 다들 어깨를 들썩였다. 흥에 겨워 목청껏 노래 부르는 할아버지, 두 팔을 올리고 정신없이 어깨와 허리를 흔들어 대는 아주머니도 있었다.

그들을 누구도 막을 수 없었다. 춤사위와 노랫가락이 마당을 넘어 마을로 산으로 퍼져나갔다. 뜨거운 그 무엇이 공명하며 밤이 깊어갔다. 한밤중이 되어서야 겨우 열띤 분위기가 가라앉고 사람들은 삼삼오오 돌아갔다. 연극이 관객들 눈에 어떻게 비췄는지는 알 수 없었다. 짐작할 여지도 없이 공연이 끝나버렸으니 말이다. 그래도 대사를 외운 덕에 일본어가 는 것은 확실했다. 그렇게라도 생각하지 않으면 뒤끝이 썩 개운치 않은 공연이었다.

다음날이었다. 솔잎을 팔고 있던 나에게 일본어 교실 동무가 헐레벌떡 달려 왔다. 겁에 질린 표정으로 주위를 둘러보더니 숨찬 목소리로 말했다.

"순덕아, 큰일 났어! 황 선생님이 경찰서에 잡혀 갔어. 마을 사람들한테 반일反日 사상 노래랑 춤을 가르친 죄래. 맘대로 노래도 못하는 세상이긴 하지. 일본을 반대하는 자라고 몰리니까. 경관들이 교실에 들이닥쳐 공부하는 사람들 이름도 전부 조사해 갔대. 자네도 조심하게! 언제 잡으러 올지 모르니까."

그러더니 성급히 또 뛰어갔다.

순간 눈앞이 깜깜해졌다. 우리는 그저 열심히 일본어 공부를 하고 있었을 뿐이다. 누군가 일본에 나라를 빼앗긴 망국의 설움을 구슬프게 노래하기도 했지만 그것은 마을 사람들이 스스로 우러나서 한 일이다. 황 선생도 우리들도 아무런 죄가 없다. 길바닥에 앉아 손님을 기다리고 있으려니 맥이 빠졌다.

한낮의 태양이 머리 위로 따갑게 내리쬐고 있었다. 무작정 앉아서 손님을 기다리고 있을 때가 아니었다.

'어떻게 하면 이 울분을 풀 수 있을까?'

자리를 털고 일어나 솔잎을 짊어지고 큰길로 나왔다. 멀리 구릉지 위에 일본인 주택가가 잘 보였다.

'황 선생을 잡아간 경관들도 저 주택가에 살고 있겠지?'

그런 생각이 들자 자연스럽게 발걸음이 그쪽으로 옮겨졌다.

주택가로 들어가니 분위기가 예사롭지 않았다. 검은 기모노를 입은 부인들과 검은 양복을 입은 사내들이 이 골목 저 골목에서 나와 어디론가 걸어갔다. 일본인 주택가 어느 집에서 초상이 난 듯했다. 근처에 사는 일본 사람들 대부분이 그 상갓집에 모일 거라 짐작하며 그들을 뒤따라가 봤다.

읍내 중심부에 자리 잡은 큰 집은 조문객들로 문전성시를 이뤘다. 집 안에는 일본인뿐만 아니라 여기저기에 얼굴을 내밀며 허세를 부리는 조선인도 상당히 많았다. 일본인의 비위를 맞추지 않으면 그 행세도 효력을 잃게 되는 자가 많다는 반증이다. 어젯밤 일도 일본인에게 잘 보이려고 누군가가 고자질한 결과일 것이다. 그렇지 않고서야 오밤중 시골 마을에 경관이 쳐들어갈 리 없지 않은가. 울화통이 치밀어 올랐다. 더 이상 이런 곳에 있고 싶지 않아 쌩하니 빠져나왔다.

솔잎은 팔아야 해서 다시 시장으로 돌아왔다. 상인들은 큰 소리로 손님을 불러 모으느라 여념이 없었다. 일본인 비위를 맞추기 위해 무고한 사람을 죄인으로 만들고 밀고도 서슴지 않는 그런 자들보다 길바닥에서 정직하게 사는 이들이 백배는 인간답다고 생각했다.

10

낙동강 자갈밭에 남자 네다섯 명이 모여 있었다. 그들은 하루가 멀다 하고 근처에서 일거리를 찾는 노동자들이다. 근래 들어 일거리가 없으니 싼 일당이라도 마다하지 않고 산이든 밭이든 찾아다녔다. 오늘은 그나마도 일거리가 없었는지 시무룩하게들 앉아 있었다.

내가 다가가니 기다리기라도 했다는 듯 말을 걸었다. 지나가는 여자나 아이들을 불러 농을 치는 것은 그들의 버릇 중 하나다. 그렇다고 기분 나쁜 말을 하거나 시비를 거는 것은 아니다.

한 남자가 손짓을 하며 털털한 목소리로 말했다.

"어이, 솔잎장수 청년! 오늘도 장사는 잘되었나? 좀 쉬었다 가게나."

운 좋게 시장에 가자마자 첫 번째 손님에게 솔잎을 금세 팔고 돌아오는 길이라 기분이 좋기도 해서 자갈 길 돌을 톡톡 차면서 걷고 있던 참이었다.

말을 걸어온 남자를 슬쩍 쳐다보니 의외의 물건이 눈에 띄었다. 연필과 공책, 때 묻고 너덜거리는 일본어 교과서 같은 책도 모래밭에 펼쳐져 있었다. 이 사람들에게는 어울리지 않는 것들이라 생각했다.

"이건 뭐예요? 일본어 공부하세요?"

"그래, 여기 시원한 자리에 앉아서 들여다 보면 머릿속에도 쏙쏙 잘 들어오지 않겠나? 너는 일본말을 잘해서 검문소도 문제없이 통과한다고 하더구나. 우리한테도 좀 가르쳐 주렴."

"그까짓 거 배워서 뭐 하게요?"

"다 먹고 살자고 그러는 거지. 가끔 일본으로 가는 인부 모집도 있는데 말을 모르니까 그게 문제란 말이야. 이렇게 주구장창 앉아만 있으면 굶어 죽는 날만 기다리는 꼴이잖나."

그들은 험한 세상을 원망이라도 하듯 갖가지 이야기를 늘어놨다.

최근 급격하게 일본 동화정책이 강화되었다. 만주사변 이후 탄압도 심해졌다. 일본어 모르는 사람은 인간쓰레기라느니, 비국민이라느니 하며 모욕을 줬고 손바닥만 한 땅뙈기 가지고 농사짓던 사람들에게 세금이니, 공출이니 온갖 명분을 붙여 빼앗아 가

버리니 먹고살기가 힘들어졌다고 했다.

조선인은 어디에 살든 매한가지였다. 우리 동네도 1년 동안 벌써 몇 집이나 동네를 떠났다. 그들도 정착할 곳을 찾지 못해 부랑자 생활을 하고 있을지도 모르겠다는 생각이 들자 마음이 한없이 무거워져 이야기를 더 듣기가 힘들었다. 기회만 된다면 일본에 가서 일하고 싶다고, 일본에만 가면 한몫 잡을 수 있지 않겠냐고 하는 이들이 많다.

'이 사람들도 그런 기대를 품고 있겠지.'

내 힘으로는 도움을 줄 수가 없었다. 나의 일본어 실력이라고 해봤자 얼마 전 경찰의 탄압에 의해 폐쇄된 일본어 교실에서 배운 게 전부다. 이제 겨우 가타카나カタカナ를 읽게 되었고 일본인 주택가로 솔잎을 팔러 갈 때 쓸 수 있는 말 정도만 익혔을 뿐이다. 안타깝지만 도저히 다른 사람에게 가르쳐줄 만한 실력이 못 된다.

퍼뜩 한 사람이 떠올랐다. 읍내 외곽에 혼자 살고 있는 일본인 부인! 시장에서 물건 살 때도 사람을 만날 때도 조선말을 유창하게 하는 그 아주머니가 생각났다. 부인은 일본 사람이지만 내가 가끔 솔잎을 팔러 들를 때도 있고 그녀가 나에게 심부름을 시킬 때도 있다. 일본으로 가는 인부 모집에 대해서도 그 부인이라면 뭔가 알고 있을지도 모른다. 이것을 핑계 삼아 만나러 가보고 싶어졌다.

"일본으로 가는 인부 모집에 신청할 수 있는 방법이 있는지 제가 한번 물어보고 올게요. 내일 이맘때쯤 여기서 다시 만나요."

강가에 모여 일본어 공부를 하고 있는 노동자들에게 이렇게 말하고 자리에서 일어나자 그들은 무슨 영문인지 모르겠다는 눈초리로 나를 빤히 쳐다봤다. 그 길로 일본인 부인 집을 찾아갔다.

부인은 여전히 창문을 열어 놓은 채 방에 혼자 앉아 바느질을 하고 있었다. 내가 이 집을 방문할 때는 손님이 없어 공쳤거나 솔잎이 다 떨어졌음직한 날을 따져보고 왔었다. 그때마다 부인은 일감으로 받은 기모노를 짓고 있었다. 그 기모노 천은 여러 가지 무늬로 염색되어 아름답기 그지없었다. 그걸 보는 것도 하나의 즐거움이었다. 오늘도 창가로 다가가 안을 들여다보며 인사를 했다.

"곤니치와!(コンニチハ : 안녕하세요.)부탁이 있어서 찾아왔어요."

"뭔데?"

"아주머니, 일본으로 가는 인부 모집에 대해 혹시 들은 바 없나요?"

"응, 들어본 적은 있네만."

"제가 아는 사람들이 거기에 신청하고 싶다고 하는데, 일본말을 모르면 안 되죠?"

"인부들이 쓰는 일본 말이라고 해 봤자 간단한 말 뿐이지. '하이, 와카리마시타(ハイ、ワカリマシタ : 네, 알겠습니다.)' 그 정도만 할 수 있으면 충분할 걸? 별로 어려울 것도 없어."

부인은 말을 하면서도 손에 든 바늘을 멈추지 않고 천을 기웠다. 그녀의 바느질은 언제 봐도 우리 어머니와는 전혀 달랐다. 바늘에 한 땀씩 끼워 깁는 어머니와 달리 부인은 한꺼번에 몇 땀씩 이어서 바늘에 끼우고 한 번에 실을 뽑아 올렸다. 능률을 따져 보면 부인의 방법이 훨씬 더 효과가 있을 것 같았다. 조선과 일본은 이렇게 바느질 방법까지 다른가 싶었다.

방금 부인이 한 말은 잘 이해가 되지 않았다. '하이, 와카리마시타' 정도의 짤막한 일본말만으로는 일본으로 일하러 가기는커녕 일본 사람 집 앞에 가서 물건 파는 것조차도 어려울 텐데 말이다.

부인이 갑자기 일손을 멈췄다.

"아 맞아, 요즘 일본의 큰 토목회사에서 가끔씩 인부 모집을 하러 오는데 그 일을 소개하는 사람을 알고 있어. 그 사람도 나처럼 여기서 산 지 오래된 일본 사람이야. 조선말도 아주 잘해. 집을 가르쳐 줄 테니 찾아가서 한번 물어 보게나. 그리 마음이 맞는 사람이 아니라 별로 왕래는 안 하지만 요새 인부 모집 건으로 경기가 좋다는 소문이 들리던걸."

귀가 솔깃해지는 이야기였다. 그렇게 일자리를 연결시켜 주는 직업이 있다는 말은 처음 들어봤다.

'진짜 그렇다면 일본말을 몇 마디밖에 못해도 간단하게 갈 수 있는 방법이 있을지도 모르겠구나.'

부인에게 고맙다는 인사를 하고 집을 나왔다.

오늘은 열흘에 한 번 열리는 큰 장날이다. 정오가 지난 시간에도 다른 지방에서 온 장사꾼들이며 구경하는 손님들로 시끌벅적했다. 얄궂다면 얄궂은 일이다. 읍내에는 일자리를 못 찾아 불안해하는 사람도, 비렁뱅이가 되어 거리를 헤매는 사람도 보이지 않는다. 그러나 읍내를 벗어나면 그런 사람들이 너무나 많다. 그들은 일거리만 있다면 일본에라도 가서 돈을 벌어 오고 싶은 심정일 것이다. 이런 생각이 꼬리를 물자 숨이 막혔왔다. 마음을 가다듬고 부인이 일러준 대로 인부 모집 소개인 집을 찾아갔다.

철조망과 정원수로 둘러쳐진 도립병원 뒤편에 있는 주택가였다. 그 병원은 읍내에 단 하나밖에 없는 큰 병원이다. 그곳에 입원하거나 진료를 받을 수 있는 사람은 일본인이거나 상당한 부자들뿐이다. 보통 사람들은 아무리 아파도 마을에 있는 한의사에게 왕진을 부탁하거나 무당 집을 찾아갈 수밖에 없다. 그것조차 어려운 사람들은 한약방을 찾아가 지어온 약을 집에서 달여 먹는 게 고작이었다. 우리 집도 연로하신 조부모님과 어린 동생들도 있으니 언제 병자가 생길지 모른다. 게다가 감옥에 끌려간 아버지는 여전히 소식을 알 수 없다. 오만 가지 생각이 연달아 떠오르니 몸이 오그라들고 치가 떨렸지만 주먹을 꼭 쥐고 용기를 내어 한발 한발 내딛었다.

이 마을에는 가끔 솔잎을 팔러 왔지만 어떤 사람들이 살고 있는지는 잘 모른다. 뒷산 골짜기에서 흘러 내려오는 시냇물가를 따라 걸으며 집들을 살펴보니 문패에 쓰인 이름들이 눈에 들어왔다. 김金, 권權, 강姜, 이李 등 조선인 이름뿐이고 부인이 가르쳐 준 오카노岡野란 성 씨의 집은 보이지 않았다. 산기슭에 이르렀을 무렵에야 그 이름을 겨우 찾아낼 수 있었다.

일본인이 살고 있을 법한 집 구조였다. 지붕은 나지막했지만 높은 나무판자 담벼락에 둘러싸여 있었고 정원은 색색의 꽃들이 피어 알록달록 아기자기하게 꾸며져 있었다. 기억을 더듬어 보니 꽤 오래 전에 이 집으로 배달을 왔던 것 같다. 정신없이 다녀갔던 터라 확실히 기억은 안 나지만 조선말이 서툰 일본 부인이었다는 게 어렴풋이 떠올랐다.

그때 만났던 그 부인이 지금 만나려고 하는 오카노의 부인이었던가 보다. 거들먹거리거나 까다롭게 구는 사람은 아니었던 것으로 기억한다. 어쩌면 이런 데 사는 일본 사람들과 상대하며 솔잎을 파는 게 일본어를 더 자연스럽게 익히는 방법이 아닐까 싶었다. 조선말 잘하는 부인은 일본인이면서도 일본말은 거의 쓰지 않는다. 오카노도 조선말을 잘한다고 하니 아마 나에게 일본말을 쓰지는 않을 것 같았다. 입구에는 철로 된 쇠사슬에 자물쇠가 걸려 있었다. 집에 사람이 없는 것 같다. 헛걸음치고 집으로 되돌아 올 수밖에 없었다.

다음날, 읍내로 가는 길 조선말을 잘한다는 오카노는 어떤 사람일까 무척 궁금했다. 그래서 솔잎을 팔러 가기 전에 그 오카노를 먼저 만나러 가보기로 했다.

읍내에 도착하자마자 병원 뒷동네로 들어섰더니 어제 오후와는 달리 길거리에 활기가 있었다. 집 앞에 물을 뿌리고 있는 사람도 있었고 창밖을 내다보고 있는 사람도 보였다. 길가를 쓸고 있던 할머니는 빗자루 질을 멈추고 나의 얼굴을 멀거니 쳐다보기도 했다.

오카노 집 앞에 도착하니 전에 솔잎을 사갔던 부인이 서 있었다. 내가 다가가자 일본말로 가격을 물어봤다.

"마쓰바 이쿠라요?"

マツバ、イクラヨ。

(그 솔잎 얼마니?)

약간 당황스러웠다. 솔잎을 팔러 온 게 아니고 오카노를 만나러 온 거니까 말이다. 그것을 일본말로 그녀에게 전해야 했다. 그동

안 공부한 일본어 실력을 시험해볼 수 있는 기회일지도 몰랐다.

"와타시와 마쓰바오 우리니키다노데와 아리마센. 오카노상니 아이니키마시타."

ワタシハ、マツバヲ、ウリニキタノデハアリマセン。オカノサンニアイニキマシタ。

(저는 솔잎을 팔러 온 게 아닙니다. 오카노 씨를 만나러 왔습니다.)

"아라 소? 돈나요지?"

アラソウ、ドンナヨウジ。

(아 그래? 어떤 볼일인데?)

'앗!'

거기서부터는 말문이 막혀 버렸다. 어떤 말로 이어가야 할지 일본어 단어가 하나도 떠오르지 않았다. 공부한 게 고작 이 정도인가 싶어 스스로 한심스러웠다. 마침 마당에서 정원수를 손질하고 있던 남자가 우리 쪽으로 다가오며 똑 부러진 조선말로 이야기했다.

"내가 오카노인데, 자네는 누군가?"

이제 됐구나 싶어 마음이 놓이자 나도 모르게 조선말이 쏟아져 나왔다.

일본 부인이 이 집을 가르쳐줬다는 것을 시작으로 강가 자잘

밭에 모여 일본말 공부를 하고 있는 노동자들의 이야기까지 줄줄 늘어놨다. 그는 바로 이해를 했다. 으응, 하고 고개를 끄덕이더니 집 안으로 들어오라고 했다. 그제야 숨을 가다듬었다. 목적이 달성된 기분이 들어 오늘 솔잎은 이 집 부인에게 공짜로 줘도 아깝지 않을 것 같았다.

"사모님, 이 솔잎, 돈 안 주셔도 돼요. 선물로 드릴게요."

대답도 듣기 전에 곧바로 땔감 창고에다 솔잎을 옮겨 놓고 돌아왔다.

안내된 방은 굉장히 환했다. 큰 유리창으로 내다보이는 정원의 나무와 꽃들이 더 곱게 보였다. 같은 일본인이 사는 집인데도 일본 부인의 집과는 확연히 달랐다. 더구나 방 가운데에 놓인 상 위에는 꽃병도 놓여 있었다. 일본인이 깨끗한 것을 좋아한다는 말은 들었지만 이렇게까지 깔끔하게 치우고 사는 줄은 몰랐다.

오카노의 말에 의하면 지금 일본으로 가면 일거리는 얼마든지 있다고 했다. 다소 위험이 따르기는 해도 가장 벌이가 좋은 곳은 탄광이라고 했다. 그밖에도 철도 공사, 도로 공사 등 여러 가지 일이 있지만 문제는 경찰서에서 도항증명서를 발급받지 못하면 관부연락선을 탈 수 없다는 것이었다. 오카노는 그들이 도항증명서를 받을 만한 자격이 있는지 직접 만나보고 판단할 테니 노동자들에게 전해 달라고 했다.

이야기를 마치고 나가려는데 오카노 부인이 들어와 신문지에 싼 것을 건네줬다.

"자 이거, 일본 과자!"

뜻밖이라 당황했지만 얼른 받아들며 인사를 하고 나왔다.

'지금 강가로 가면 노동자들이 기다리고 있겠지?'

읍내의 큰길 가는 오늘따라 으스스할 정도로 조용했다. 바람은 시원했는데 행인도 드물고 점포 앞에서 손님을 기다리고 있는 상인들도 축 늘어져있었다.

강변에 당도하니 여전히 같은 자리에 노동자들이 모여 있었다. 오늘도 누구 하나 일거리를 찾지 못한 듯했다. 앉아 있던 이들의 눈길이 내 쪽으로 일제히 쏠렸다. 안 그래도 기다리고 있었다는 듯이 나를 쳐다봤다.

"일본으로 가는 인부 모집 소개인을 만나고 왔어요. 일본엔 일거리가 많다고 하더라고요. 여러분들을 소개해 달라고 했어요."

그들은 긴가민가하는 표정을 지었다. 잠시 후 서로 한숨을 쉬며 말들을 주고받았다.

"그렇게 간단히 일본에 갈 수 있겠어?"

"모집을 한다니까 데려가는 방법이 있겠지."

"따라갔다가 혹시 못 돌아오게 되는 거 아니야?"

"그건 가봐야 알겠지."

"여기서는 먹고 살 방도가 없으니 일자리를 찾아 갈 수밖에 없지 않겠나."

이러쿵저러쿵 대화는 끝날 줄을 몰랐다. 나중에는 자신들의 신세타령까지 했다. 만에 하나라도 무슨 일이 생기면 친척 집에 얹혀사는 식구들은 누가 돌봐주겠는가, 일본말 잘하는 사람은 언제든지 일본에 가서 돈을 벌어올 수 있으니 부러워 죽겠다는 둥 군소리를 자꾸 늘어놨다. 더 이상 그들의 이야기를 듣고 싶지 않았다. 조선말 잘하는 오카노라는 사람의 인상과 주소를 얼른 가르쳐 주고 그들과 헤어졌다.

집으로 돌아가는 길, 제방 위를 걸으며 주변을 둘러보니 강물 위에 제비들이 떼 지어 날고 있었다. 시장에서 장사도 안 하고 솔잎은 인사로 줘버리고 왔으니 집으로 돌아가기에는 이른 시간이었다. 조금 돌아서 가더라도 오랜만에 낙동강 줄기를 따라 걸어가 보기로 했다.

낙동강 유역을 따라 쭉 걷다보면 여러 마을들이 이어진다. 시장에서 알게 된 숯장수 아저씨 집도 안쪽 어딘가에 있었던 것 같다. 언젠가 아저씨를 따라 집에 가본 적이 있는데 올가미를 쳐 놓고 잡았다는 꿩으로 끓인 국을 배불리 대접받았었다. 그 기억을 떠올리며 요즘 도통 얼굴이 보이지 않는 아저씨 근황이 궁금해졌다. 발길은 어느새 그 마을 쪽으로 향하고 있었다.

그곳은 작은 골짜기에 대여섯 채의 농가가 드문드문 떨어져 있는 마을이다. 숯장수 아저씨 집은 가장 안쪽에 숯 굽는 판잣집과 붙어 있다. 온갖 억압을 견뎌내면서 이 마을 사람들은 꿋꿋하게 살고 있는 것 같았다. 볕이 잘 드는 마당에는 빨래가 널려 있었고 이 집 저 집 굴뚝에서는 연기도 피어오르고 있었다. 숯 굽는 판잣집 앞에 가서 아저씨를 불러 봤으나 누구 하나 내다보는 이도 없고 근처에 인기척도 없었다.

불길한 느낌이 들어 그냥 돌아가려고 하는데 뒷산 숲속에서 아저씨가 내려왔다. 아저씨는 그 뒷산에 마을 사람들의 은신처가 있는데 마을의 구심점이 되는 분들이 거기에 모여 있으니 나도 들렀다 가라고 했다. 도대체 무슨 용도로 쓰이는 은신처일까 호기심 반으로 뒤를 따라갔다. 급경사진 비탈길을 기어오르며 아저씨에게 물어봤다.

"그곳에 마을의 귀중한 보물이라도 숨겨 놨어요?"

"아니, 그런 건 아니고. 거기서 몰래 막걸리를 담가 왔거든. 솜이나 담배 같은 것도 숨겨 놨고. 그런데 어떻게들 낌새를 알아차렸는지 우리 마을에도 경관들이 들이닥쳤었어. 마을 사람들이 끌려가 모진 고문을 당하고 결국 다 털어놓고 말았단다. 이제 그 은신처는 모두가 모이는 집회 장소가 됐다 네지 조금 있으면 그곳으로 맛있는 음식들을 날라 올 거야. 굴뚝마다 연기가 피어오르고 있었지? 음식 준비가 거의 다 되어가니 자네도 같이 들고 가게."

뜻하지 않게 기묘한 자리에 끼게 되었으나 묵묵히 아저씨 뒤를 따라갔다.

은신처라는 곳은 커다란 바위 뒤를 파서 만든 동굴 같은 곳이었다. 거기에서는 낙동강 풍경이 한눈에 내려다보였다. 바위 옆에는 청정한 물이 솟아오르는 샘터도 있었다. 사방에서 산새들이 지저귀는 소리까지 더해져 마치 산신령이 사는 곳 같았다. 그 경치에 마음을 빼앗겨 잠시 이곳에 온 이유조차 잊고 있을 때였다. 동굴 속에서 누군가의 음성이 울렸다.

"어이, 자네. 잘 왔구먼! 어서 들어오게. 이 안으로 들어오면 기분이 더 좋아진다네. 여름에는 계곡에서 선선한 바람이 불어오고 겨울에는 햇볕에 덥혀진 바위가 뜨끈하지. 웬만한 병에 걸려도 여기서 이삼일 자고나면 낫는다고 할 정도라네."

그 말을 듣고 들어가 보니 의외로 동굴 안은 넓었다. 굴속이지만 한낮의 햇살이 안쪽까지 비쳐들었다. 안에는 대여섯 명의 남자들이 앉아 있었다. 마을의 어른들이 앉아 있으니 먼저 절을 올리는 게 예의였다. 큰절까지는 지나친 것 같아 입구에서 가볍게 절을 올렸다. 들어가 앉아 보니 과연 기분이 좋아졌다. 이곳까지 걸어왔던 피로도 단번에 풀리고 벼랑을 기어 올라오며 흘렸던 땀도 식어 졸음이 밀려왔다. 졸린 것을 간신히 참으며 사람들의 이야기에 귀를 기울였다.

긴요한 이야기를 나누는 중이었다. 이 마을은 사람들이 다 같이 만주로 이주하기로 결정했다고 했다. 관청에서 장려하고 있는 개척단이라는 것을 결성해 이주한다는 것이다.

'그럼 조만간 이 마을은 사라지게 되는 건가? 이분들과는 앞으로 다시는 못 만날지도 모르겠구나.'

서운한 마음에 참지 못하고 질문을 했다.

"근데 만주로 가면 무슨 좋은 일이 있나요?"

"농사지을 넓은 땅을 준다고 하더구먼. 옥수수든 콩이든 자기 마음대로 심을 수 있다고 하고. 추운 곳이니 그런 곳에서도 작물이 잘 자랄지는 모르겠지만. 논밭이며 산마저도 적발당한 벌금을 무느라 일본인 고리대금업자한테 다들 빼앗기고 말았어. 그러니 이제 더 이상 여기서는 살 방도가 없게 된 거지. 어쩔 수 없이 온 마을 사람들이 다 같이 개척단이란 곳에 들어가기로 했다네."

그렇게 자초지종을 들려줬다. 주위에 가족이 함께 만주로 이주하는 집들이 늘어나고 있다. 경작할 땅을 잃은 농민들이야 땅을 준다고 하면 어디든지 찾아가기 마련이다. 어떤 사람은 땅을 찾아 만주로 가고 어떤 사람은 일을 찾아 일본으로 가 버리게 된다. 이래저래 다들 떠나고 마니 앞으로는 장터에서 숯장수 아저씨와도 만날 수 없게 되는구나. 섭섭함이 밀려왔다.

시간이 조금 지나자 여인네들이 음식을 날아왔다. 그릇에는 닭고기와 돼지고기가 수북했고 큰 냄비에는 국이 넘칠 만큼 그득 담겨있었다. 호화롭기 그지없는 진수성찬이었다. 사정을 들어보니 마을에서 돈이 될 만한 것은 거의 팔았지만 팔리지 않은 가축들도 있었다고 했다. 그것으로 음식을 장만했는데 마을을 떠날 때까지 먹어도 남을 정도라고 그랬다. 그러니 나에게도 양껏 먹으라며 다정하게 음식을 권했다.

새벽부터 내내 걸어 다녀서 출출했었다. 이야기를 들으며 오랜만에 구경한 고기를 든든하게 먹었다. 주는 대로 사양 않고 먹다 보니 배가 불러 더 이상은 들어가지 않았다.

"부디 건강하세요. 만주에 가서 성공하시거든 꼭 우리에게도 연락 주세요."

인사를 하고 자리를 일어서려는데 아까부터 줄곧 이거 먹어봐라, 저거 먹어봐라 챙겨주던 아주머니가 나에게 종이로 싼 꾸러미를 내밀었다.

"자, 이건 선물. 갖고 가서 식구들하고 나눠 먹게."

고마운 마음에 꾸벅 인사를 하며 두 손으로 받아들였는데 나도 모르게 눈물이 흘러내렸다. 소매로 얼른 훔쳐내고 깊이 고개 숙여 인사를 한 후 굴에서 나왔다. 경사진 숲길을 내려오는 사이에도 몇 번이나 뒤를 돌아봤다. 서글픈 마음을 달랠 길이 없었다.

 다시 숯장사 아저씨 집 쪽으로 내려와 마을을 둘러보니 산 중턱을 갈아 만든 논밭들이 곳곳에 보였다. 조도 콩도 보기 좋게 자라고 있었다.

 '이른 봄부터 심은 것이겠지.'

 계절이 지나 가을이 찾아오면 실하게 알곡이 여물 것이다. 마을 사람들이 다 떠나버리면 이것들은 누가 거두나 주인 없는 빈자리가 쓸쓸하고 허탈했다. 숲속의 까치들이 내 마음을 알아주는 듯 짝을 지어 날아오르며 구성진 소리로 '까아 까아' 울어재꼈다.

 저녁이 다 되어서야 집에 도착했다. 식구들이 마당에 나와 울기도 하도 웃기도 하면서 야단법석이었다.

 "무슨 일 있었어요?"

 어머니가 한 통의 편지를 보여줬다.

 "너 삼촌이 계신 거 알고 있지? 네가 태어나기 3년 전에 집을 나가서 이제껏 소식이 없었거든. 살았는지 죽었는지도 모르고 있었는데, 일본에서 살고 있다고 여기 이렇게 편지가 왔지 뭐냐?"

 꿈도 못 꾸던 말이었다.

 봉투에 쓰인 주소를 보니 일본에서 온 편지인 것은 분명했다.

점심 무렵, 우리 동네에는 거의 찾아올 일이 없는 우편배달부가 와서 가져다줬다고 했다. 이 편지로 온 동네가 떠들썩했다. 죽은 줄로만 여겼던 사람이 살아 있다고 하니 놀라는 것이야 당연한 일, 그 누구보다도 할아버지 할머니가 이 편지를 읽고 눈물을 흘리며 감격하셨는데 고령이신 두 분이 우시다가 몸이라도 상하는 게 아닐까 싶어 어머니가 걱정을 했다. 상황을 이해 못하는 어린 동생들은 그저 쥐죽은 듯 어른들 눈치만 보고 있었다. 배가 고플 게 뻔하다.

오늘은 두 군데서나 선물을 받았다. 솔잎을 준 인사로 오카노 부인이 건네준 일본 과자에다가 만주로 이주하게 됐다는 마을 아주머니가 싸준 음식도 있다. 지게 위에 단단히 묶어 놓았던 그것들을 가져다 풀어놨다. 마을 아주머니가 준 종이 꾸러미에는 삶은 닭고기와 돼지고기가 푸짐하게 담겨 있었다. 헌 신문지에 싸준 일본 과자, 그것은 이제껏 상상해 보거나 들어본 적도 없는 신기한 것이었다. 생전 처음 보는 과자는 얇고 단단하게 구워져 있었다. 한입 깨물었더니 바삭하게 씹혔다. 입 안 가득 달달하고 고소한 맛이 퍼졌다. 과자에는 '전병'이라는 한자가 찍혀 있었는데 그게 무슨 뜻인지는 알 수가 없었다. 이름이 무엇이든 눈물이 핑 돌 정도로 맛있었다. 동생들도 두 눈을 동그랗게 뜨며 고기보다 일본 과자에 눈길을 떼지 못했다.

바다 건너 일본이란 나라는 역시 먹는 음식이나 과자도 많이 발전한 것 같았다. 할아버지가 건강하실 때 자주 해주던 이야기가 있다. 동물은 산을 택하고 인간은 문명을 택한다고. 그러니 될 수 있으면 넓은 세상으로 나가 사는 게 좋다고. 그거야 지당한 말이다. 조선에서는 보리나 조밥을 먹는 게 일상이지만 일본인 주택가에 사는 사람들은 언제나 새하얀 쌀밥을 먹는다. 일본은 문명이 훨씬 더 발달되어 있을 것이다. 그런 생각이 머리를 스치며 스름스름 온몸의 힘이 빠져나갔다. 하루 종일 걸어 다녔던 피로가 몰려와 가족들과 이야기할 기력마저 가물가물했다.

이른 아침 눈을 떠 보니 머리맡에 숙부로부터 온 편지가 놓여 있었다. 오늘은 이 편지를 감옥에 계시는 아버지에게 갖다 드려야 한다. 어젯밤 어머니가 몇 번이나 당부했었다. 솔잎도 팔러 가야 하지만 그보다 중요한 일은 읍내 외곽에서 멀리 떨어져 있는 형무소를 찾아가야 하는 것이었다. 하루의 이동거리를 따져 가며 자리에서 일어났다. 여름 볕이 아침부터 뜨겁게 내리쬐었다. 품속 깊이 숙부의 편지를 넣고 나설 채비를 했다.

엊저녁에 잘 먹고 푹 잔 덕분인지 피로가 풀리고 다리에도 다부지게 힘이 들어갔다. 등에 짊어진 솔잎도 한결 가볍게 느껴졌다. 시장에도 오늘은 일등으로 도착했다. 빨리 온 사람부터 좋은 장소를 골라잡을 수 있으니 눈치 안 보고 한복판에 자리를 잡았다.

조금 뒤 아는 얼굴들이 하나 둘씩 모여들었다. 내 바로 옆에 짐을 내려놓은 사람은 마른 나뭇가지 장수인데 나보다 서너 살 많은 말이 잘 통하는 형이다. 그를 보자마자 깊숙이 넣어 두었던 숙부의 편지를 꺼내 보여주며 자랑을 했다.

"형, 나한테 일본에 사시는 삼촌이 계셔. 이거 봐봐. 편지를 보내 주셨어."

"그렇구나, 뭐라고 써 보내셨어?"

"오랫동안 연락을 못 해 미안하다는 사과의 말이랑 일본에 건너간 지 18년이 됐는데 그 사이 일본 여성과 결혼도 했고 애들도 있다고 쓰여 있어. 그러니까 나에게는 일본인 숙모와 사촌이 있다는 말이 되지."

"부럽다야! 일본인 친척이 있다니. 앞으로 사는 데 어렵지 않게 도움도 받을 수 있겠네."

"그거야 아직 모를 일이지. 그런 얘기는 한마디도 없으니까. 사실 삼촌은 내가 태어나기 훨씬 전에 집을 나가서 나는 얼굴도 몰라."

"지금부터 편지도 주고받고 그러다 보면 언젠가 돈도 부쳐주지 않겠어?"

그런 이야기를 나누고 있다 보니 어느 새 사람들이 모여들기 시작했다. 좋은 자리를 잡은 덕택인지 손님이 일찍 나타났다. 배달을 하러 손님을 따라가면서 편지를 감옥에 있는 아버지에게 보여드리기 전에 먼저 보여주고 싶은 얼굴이 떠올랐다. 우선 읍내 외곽에 살고 있는 일본 부인 그리고 어제 알게 된 오카노에게도 보여 주고 싶었다.

오늘 손님은 젊은 여자인데 걸음걸이가 참으로 더뎠다. 앞에 서서 세월아 네월아 느릿느릿 걸었다. 가다가는 가게 앞에 멈춰 사지도 않을 물건을 한참동안 쳐다보기까지 했다. 속으로는 안달이 났지만 대금을 받을 때까지는 뭐라 할 수도 없었다. 동동거리는 조급한 마음을 누르고 따라갔다. 냇가 다리 위에 이르렀을 때였다. 그녀가 난간에 기대더니 난데없이 그냥 멈춰 서 버렸다. 기어이 참지 못하고 그녀에게 한마디 했다.

"저, 미안하지만 좀 서둘러 주실래요? 제가 다른 볼일도 있어서요."

부탁하는 식으로 말했는데도 그녀는 고개를 돌려 나를 흘겨보며 대꾸했다.

"야, 나도 내 사정이 있어. 장보러 나온 김에 바람도 좀 쐬다 가고 싶었는데 김샜다고. 일부러 찾아간 친구는 만나지도 못했고. 하, 진짜."

오히려 나에게 투덜거렸다.

도대체 이 여자는 뭐 하는 사람인데 이러나 싶었지만 나의 말이 신경 쓰였는지 걸어가면서 자기의 형편을 털어놓기 시작했다. 그녀는 일본인 집에서 일하는 식모라고 했다. 서툴지만 일본말을 배워 고용되었는데 집 주인 일가는 이곳에 와서 몇 년이나 지나도 조선말을 전혀 못한다고 했다. 그것이 오히려 자신에게는 속이 편한 일이라 장보러 나올때 여기저기 기웃거리며 시간을 때우다 들어간다고 했다.

일본인은 조선말 한마디 할 수 없어도 이 땅에서 돈푼깨나 쓰며 살 수 있다. 그러나 일본말 모르는 조선인은 제 나라에 살면서도 일자리 하나 찾기가 힘들다. 앞으로 돌아갈 세상을 생각하니 역시 일본말 공부를 하지 않을 수 없었다. 그녀의 말을 들으며 공부에 대한 의욕이 강하게 올라왔다. 그 집에 도착해 부엌 구석에 솔잎들을 내려놓는데 바로 옆방에서 재잘재잘 떠드는 일본말이 들려왔지만 무슨 말인지 전혀 알아들을 수가 없었다.

솔잎 대금을 받고 나와 보니 다행히 일본 부인 집에서 그다지 멀지 않았다. 부인의 집 쪽 큰길로 나서자 수인들의 행렬이 지나가고 있었다. 근처 산에서 퍼온 흙을 형무소 안에 있는 벽돌 공장까지 나르고 있었다. 모두 같은 복장을 하고 있어서 누가 누구인지 좀처럼 알아보기 어려웠다. 그래도 혹시나 아버지가 이 사람들 속에 있지 않을까 싶어 한 명 한 명 눈여겨 살펴봤다. 아버지를 찾지 못한 채 수인들의 행렬이 지나갔다. 그들은 붉은 흙을 가득 실은 짐차를 앞에서 끌고 뒤에서 밀면서 걷고 있었다. 길가 그늘에 앉아 쉬고 있던 노인들도 수인들의 행렬을 보며 이야기를 꺼냈다. 나도 가까이 다가가 귀를 기울여봤다.

"형무소에서 구운 벽돌은 죄다 만주로 보낸다고 하더구먼."

"일본군에게 벽돌은 아무리 많아도 모자란다던데."

"그거야 그렇겠지. 병사들 숙소도 지어야 하고 요새要塞도 쌓아야 하고 부지기수 만들어도 벽돌이 더 필요하겠지."

그런 얘기가 한도 끝도 없이 이어졌다. 어디선가 강한 바람이 불어와 길바닥의 모래며 흙먼지가 노인들 얼굴 위로 가차 없이 흩뿌려졌다.

부인 집에 도착했다. 늘 같은 자리에서 그녀는 바느질감을 펴 놓고 쉬지 않고 바늘 든 손을 놀리고 있었다. 활짝 열어 놓은 창문으로 얼굴을 보이며 인사를 하자 부인은 미소를 지어주었다. 뜸도 안 들이고 바로 품속에서 숙부의 편지를 꺼내 부인에게 보여줬다.

"아주머니, 제게도 기쁜 일이 생겼어요. 일본인 친척이 생겼거든요."

"그게 무슨 말이냐?"

"이 편지는 말이죠, 아주 오랜 전에 집을 떠난 숙부가 보내온 거예요. 오랫동안 소식이 끊겨서 몰랐는데 일본으로 건너가 일본인 여성과 결혼했다고 쓰여 있어요. 아이들도 낳았대요. 그러니 제게도 일본인 숙모도 생기고 사촌 형제도 생겼다는 말이 되잖아요?"

"그렇구나, 어디 한번 보여줘 봐."

두 손으로 조심조심히 편지를 건네주자 아주머니는 편지 봉투의 주소를 살펴봤다. 잠시 후 그것을 일본어로 읽어줬다. 한자로 '和歌山県西牟婁郡鮎川村、長谷川清'이라 쓰여 있었지만 일본어로 어떻게 읽는지는 몰랐다. 그저 일본 어딘가의 주소이겠거니 짐작만 했을 따름이었다. 부인은 일본 지도까지 꺼내서 보여 주며 자세히 설명해줬다.

"와카야마현 니시무로군 아유카와무라, 하세가와 기요시和歌山県西牟婁郡鮎川村、長谷川清. 너희 숙부는 '하세가와 기요시長谷川清'라는 이름을 쓰고 있네. 일본에 가면 조선인도 다 일본 이름을 써야 되니까. 지도로 보면 바로 여기야. 오사카에서 그다지 멀지 않은 곳이지."

"으음, 하세가와 기요시."

이것이 숙부의 이름이라고 하니 숙부까지 일본 사람이 되어 버린 것만 같았다. 기뻐해야 할 일인지 슬퍼해야 할 일인지 모르겠지만 그저 고개를 끄덕이며 들었다.

왠지 이 편지를 더 많은 사람에게 보여주고 싶어졌다. 생각대로 다음번은 오카노에게 찾아가 보기로 했다. 부인 집을 나와 그쪽을 향해 걸어가는 길, 매일같이 무더위가 기승을 부렸다. 오늘도 작열하는 태양 빛에 눈이 부셨다. 도립병원 앞에 이르니 하얀 제복을 입은 간호사 몇 명이 울타리 넘어 나무 그늘 아래서 깔깔거리며 이야기를 나누고 있었다. 그 웃음소리와 말소리가 길가에까지 들려왔다. 그녀들도 다 일본말로 얘기하고 있었다. 이제 조금 있으면 조선말이 모두 사라져 버릴 것 같은 불안감에 서글펐다.

뒷골목으로 꺾어 돌자 오카노 집이 바로 보였다. 외출할 때 타고 다니는 자전거가 현관 앞에 세워져 있는 것을 보니 오늘도 그는 집에 있는 듯했다. 자전거는 잘 관리되어 먼지 하나 없이 반질반질했다. 이런 물건을 살만한 사람은 이 부근에서도 그리 많지 않다.

'오카노는 엄청 돈이 많다는 거겠지.'

열려 있는 문 안쪽 한켠에는 남자 구두도 보였다.

문 앞에서 얼쩡거리고 있는 나를 봤는지 오카노가 집 안에서 나왔다. 머리를 숙여 인사를 하니 오카노도 기다렸다는 듯 말을 꺼냈다.

"들어오게. 어제 자네한테 소개를 받았다는 노동자들이 찾아왔었네. 모두 체격들도 좋고 힘도 잘 쓰게 생겼더군. 그 정도면 일본에 가서 얼마든지 돈벌이를 할 수 있겠어."

"정말요? 누구나 그렇게 간단히 일본에 갈 수 있나요?"

"지금은 간단해졌어. 조선인 노동자는 아무리 많이 소개해 줘도 모자랄 정도지. 돈 벌러 갈 생각이 있으면 지금이 바로 그때야. 탄광은 물론이고 철도공사에다 터널공사, 여러 공사장에서 인부 모집을 하고 있거든. 자네는 어떤가? 솔잎 팔아서 푼돈만 만지지 말고 일본에 가서 제대로 돈벌이를 해보지 그래?"

"저 같은 아이도 갈 수 있나요?"

"갈 수 있지. 자네 마음먹기에 달렸어. 굴을 파는 공사장의 함바飯場에서 밥 짓는 일을 하도록 소개해 주겠네. 일당은 어른이 1원이니까, 글쎄 아이는 50전 정도 쳐 주려나?"

"와아, 50전? 그렇게나 많이 받을 수 있나요? 솔잎을 무겁게 지어 와서 팔아도 하루에 10전도 못 벌거든요. 근데 저는 일본에 갈 차비도 없고 도항증명서란 것을 받아내는 방법도 몰라요."

"모집하는 곳에 들어가기만 하면 그런 건 하나도 필요 없어. 증명서나 돈 같은 거 없어도 확실히 일본으로 데려가 준다네."

그 말이 진짜인지 그냥 하는 말인지, 꿈만 같은 소리로 들렸다. 일자리가 없어 쩔쩔매는 이 시절에 듣기 좋게 거짓말로 꾸며대는 소리 같았다.

어떻게 하든 일본으로 건너가기만 하면 숙부를 만날 수도 있다. 오카노의 이야기가 사실이라면 긴말이 필요 없었다. 그런 생각이 들자 편지를 그에게 보여 주기가 싫어졌다. 모처럼 좋은 얘기를 들었는데 괜한 말 꺼냈다가 흐지부지 되어 버리면 낭패다. 편지에 대해서는 입을 꾹 다물고 오카노의 집을 돌아섰다.

귀가 솔깃해지는 이야기를 듣고 나오니 설레고 신이나 춤이라도 추고 싶을 지경이었다. 일본에 갈 결심만 하면 무엇보다 가난에 찌든 생활에서 벗어날 방도가 보인다. 일본 땅에서 제대로 된 일본어도 배우고 돈도 벌고 새로운 문물도 구경하고... 머릿속이 멍해져 거리가 흐릿하게 보였다. 행인들의 얼굴마저 희뿌옇게 너울거렸다. 몽롱한 정신으로 비틀비틀 간신히 낙동강변에 이르렀다.

'낙동강은 언제까지나 이 자리에서 변함없이 흐르고 있겠지. 사람들만 가난에 못 이겨 만주로 가거나 일본으로 가거나 아니면 정처 없이 어디론가 떠나가는 거겠지.'

높은 제방에서 내려다보니 오늘도 강물은 넘실넘실 기운차게 흘러가고 있었다.

'숙부는 십몇 년 전부터 고향을 떠날 수밖에 없는 시절이 올 거라는 걸 짐작하고 있었는지도 몰라. 그래서 일찌감치 일본으로 건너가 자리 잡을 결심을 했을 테고. 그 덕에 이젠 입에 풀칠할 걱정 없이 그럭저럭 살 수 있게 된 게 아닐까.'

다시 품 속에 넣어 둔 편지를 꺼내 읽어 봤다. 그리고 일본 부인이 다른 종이에 적어준 주소와 일본식으로 읽을 수 있도록 적

어준 가타카나カタカナ도 같이 들여다봤다. 어차피 이 편지는 지금부터 형무소에 있는 아버지에게 건네주면 다시는 내 손에 돌아오지 않을 것이다. 그러나 부인이 씨준 이 주소 종이만큼은 목숨을 걸고서라도 소중히, 소중히 지켜야 한다. 결심을 새로이 다지며 길 건너편에 있는 형무소를 바라봤다.

형무소 중앙 부근에 세워져 있는 큰 굴뚝에서는 시커먼 연기가 쉴 새 없이 올라오고 있었다.

'저 안에서 수많은 조선 사람들이 죽어라 일을 하고 있겠구나.'

거기서 구워진 벽돌은 전부 역으로 옮겨져 기차에 실려 간다. 어디로 가는지는 아무도 모르지만 그 일을 해낼 일손이 많이 필요하다. 아버지도 집에서 몇 대 심은 담배가 전매법에 걸렸다고 붙잡혀간 지 벌써 수개월, 노동을 강요당하고 있을 것이다. 그렇게 죄를 씌워 조선 사람들을 끌고 가 노동력을 착취하는 수법을 동원한다면 앞으로 조선 사람은 더 이상 자기 고향에서 맘 편히 살 수 없는 신세가 될 게 뻔하다. 처량하고 울적했다.

제방에서 내려와 형무소를 향했다. 길목마다 높은 벽돌담이 빼곡히 이어져 있었다. 그 담벽을 따라 터벅터벅 정문 입구에 다다랐다. 입구에서 줄지어 보초를 서고 있는 경관에게 품속의 편지를 꺼내 보였다.

"이건 일본에 있는 저희 숙부님이 보내주신 편지에요. 아버지

앞으로 온 거라 제가 직접 전해 드리고 싶어요. 면회 시켜 주세요."

그것을 받아든 경관은 봉투 앞뒤를 훑어봤다.

"여기서 잠깐 기다려."

그는 편지를 들고 좀 떨어져 있는 건물 안쪽으로 들어갔다.

가까이 서 있는 경관들을 흘끔거리며 기다리고 있었지만 그가 돌아올 기미가 안 보였다. 서서 기다리기에 다리가 아플 정도로 한참이 지나서야 돌아오더니 그는 편지를 나에게 되돌려줬다.

"지금은 작업 중이라 면회할 수 없다. 기어이 직접 전해주고 싶다면 미리 수속을 밟아놓고 다시 오너라."

할 수 없다는 생각이 들었다. 주소를 다른 종이에 베껴 써 놓았으니 괜찮을 것 같긴 했지만 그래도 이 편지 봉투만큼은 잘 간직하고 싶었다. 아버지 손에 전해지더라도 감옥 안에서 없어질 수도 있으니 말이다. 망설임 없이 봉투를 열어 안에 있는 편지만 꺼내 경관 손에 다시 건네주면서 말했다.

"그럼 이 편지만이라도 아버지에게 전해 주세요. 보낸 사람 주소가 쓰인 봉투는 집에 계신 어머니께 가져다 드리기로 약속을 해서 안 가지고 가면 꾸지람을 들어요."

"오냐, 알았다. 지금 가서 전해 주마. 면회라는 게 그리 간단히 되는 게 아니야. 돌아가거든 네 어미에게도 그걸 알려 줘라."

그러더니 주먹으로 머리 정수리를 세게 쥐어박았다.

안에 든 편지는 경관에게 맡겼지만 숙부의 주소가 쓰인 봉투는 아무에게나 맡길 수 없는 노릇이었다. 편지 봉투를 품안에 넣고 옷고름을 꼭 채우고 나서 형무소를 뒤로 했다.

따가운 땡볕과 무더운 열기에 시달리는 나날이다. 오후가 되었지만 이글거리는 태양 빛이 가차없이 머리 위로 쏟아졌다.

집으로 돌아가는 길을 서두르면서도 머릿속을 맴도는 것은 어떻게 해서든지 일본말을 배우고 싶다, 오늘 솔잎을 사준 식모도 일본말을 할 줄 알았기에 일자리를 얻을 수 있었다지 않는가 나도 일본어를 제대로 배우기 위해서는 숙부를 찾아 일본으로 건너갈 수밖에 없다, 이런 것들이었다.

오카노가 말한 대로 공사장 함바飯場에서 밥 짓는 일이라도 하러 가면 일본 땅을 밟게 된다. 그러면 숙부가 사는 곳 가까이 갈 수 있게 된다. 그런 것들을 차례로 떠올리며 걷다보니 가슴이 마구 뛰고 흥분 됐다.

고개를 넘어 동네에 이를 무렵이 되어서야 석양이 서쪽으로 기울기 시작했다. 낮 동안 볕을 잘 쬔 조밭, 콩밭은 해가 져도 잎사귀가 푸릇푸릇하고 탱탱했다. 우리 밭도 아버지가 끌려가기 전에 심어 놓은 농작물들이 잘 자라고 있었다. 가을이 되면 예년만큼의 결실은 거둬들일 수 있을 것이다. 아버지의 우직하고 고집스런 성격 덕분이다.

적발을 당한 후 온 동네가 고리대금업자한테 돈을 빌려 벌금을 낼 것인지, 그냥 감옥살이를 할 것인지 갈림길에 놓여 있을 때 대부분의 집들은 관리와 헌병의 으름장에 못 이겨 논밭을 저당 잡혀 돈을 빌리고 그 돈으로 벌금을 냈다. 하지만 아버지만은 완강하게 거부했다고 한다. 논밭을 빼앗기는 것보다는 차라리 감옥에 있는 편이 낫다고 단호하게 말했을 아버지 모습이 눈에 선하다. 그 대가로 아버지는 언제 풀려나올지도 모르는 옥살이를 하고 있는 것이다.

아버지가 없어도 가족 모두가 정성껏 김도 매고 비료나 물주기도 게을리 하지 않아 농작물들은 건강하게 자라고 있다. 이 정도 양이라면 1년 동안 굶주리지 않을 것이다. 내가 집을 비운다고 해도 당장 곤경에 빠질 일은 없을 것 같아 안심이 되었다. 일본에 가기만 하면 숙부를 만나지 못한다 해도 공사장 함바飯場에서 밥 짓는 일을 하면서 일본말을 빠르게 익힐 수 있을 것이다. 더군다나 솔잎 팔아서 버는 돈의 몇 배를 집으로 보내줄 수 있다는 생각에 다다르자 앞뒤 따질 것 없이 당장이라도 일본으로 건너가고 싶어졌다. 결심은 굳혔지만 집에 이런 이야기를 할 수는 없다. 모두가 반대할 게 뻔하고 결국은 못 가게 막을 것이다.

어머니가 저녁밥이라며 조로 죽을 쑤어 놓고 기다리고 있었다. 하루 종일 더위에 시달리다 돌아왔는데 뜨거운 죽을 좁은 방안에서 먹어야 하다니 죽을 맛이었다. 그래서 마당에 멍석을 펴놓고 식구들이 둘러앉았다. 죽을 뜨면서 잡다한 이야기들이 오고갔다. 고리대금업자한테 돈을 빌린 사람들은 앞으로 가을이 되어도 수확한 작물의 반은 땅주인이 된 고리대금업자한테 빼앗기게 된다느니, 그 고리대금업자가 가끔씩 동네에 와서 농작물의 상태를 둘러보고 간다느니, 오늘도 거지 떼들이 몇 차례나 이 동네를 지나갔다느니 하는 노상 똑같은 이야기, 이제 그런 이야기를 듣는 것조차 싫증이 났다. 죽조차 목구멍에 넘어가지 않았다.

다음날 동이 트자마자, 일찍 서둘러야 했다. 오늘은 솔잎이 아니라 마른 나뭇가지를 짊어지고 갈 생각이다. 오카노 부인에게 솔잎을 가져다 준 지 며칠 안 됐다. 아직 솔잎이 남아 있을 텐데 다시 솔잎을 가져다 쌓아놓아도 그리 반가워하지 않을 것이다. 그래서 큰맘 먹고 햇볕이 잘 드는 뒷산에서 주워 놓은 질 좋은 마른 나뭇가지를 짊어지고 집을 나섰다.

읍내에 당도하자마자 오카노 집을 찾아가니 마침 부부가 마당의 정원수에 물을 주고 있었다. 연습해 놓은 일본말로 침착하게 인사를 했다.

"오하요 고자이마스. 교와 오네가이가 앗데 기마시다."

オハヨウゴザイマス。キョウハ、オネガイガアッテキマシダ。

(안녕하십니까? 오늘은 부탁이 있어서 찾아뵈었습니다.)

그러자 오카노는 웃음을 띠면서 조선말로 대답했다.

"그래, 뭔데? 일단 들어가자. 일본 과자도 남아 있으니."

먼저 마른 나뭇가지를 부인에게 건네줬다. 방에 들어가 앉아 있으니 잠시 뒤 오카노가 지난번처럼 '전병'이라는 글자가 찍힌 과자를 접시에 담아 들고 왔다. 먹으라고 권했으나 과자를 먹을 기분이 아니었다. 그에게 하려는 말들로 가슴이 꽉 막혀 있었다. 몸을 떨면서 그저 가만히 고개를 떨구고 있었다. 오카노가 먼저 말문을 열었다.

"그 부탁이란 게 뭔데?"

"저를 부디 일본으로 갈 수 있도록 해 주세요."

"겨우 그거니? 네 딴엔 어려운 결심을 했나 보구나. 솔잎을 주워다 파는 것보다는 훨씬 나을 테니 이 기회에 일본에 가서 맘껏 돈을 벌어 오렴. 그게 네 장래를 위해서도 좋을 거야."

"그런데 곤란한 일이 하나 있어요. 아버지가 막걸리 적발 때 형무소에 잡혀가서 지금도 갇혀 계시는데 저마저 일본으로 가버리면 우리 집에는 일할 사람이 없거든요."

"허어 그래? 얼마나 되었니?"

"벌써 10개월이나 지났어요."

"아아, 그래? 그럼 곧 나오게 될 거다. 그런 건 대략 정해져 있는데 막걸리는 12개월이야. 그러니 두어 달 지나면 나올 거다. 만약 그때도 나오지 못하면 내가 아는 변호사한테 부탁해서 나오도록 해줄 테니 걱정 말거라."

그 말을 듣는 순간 마음 놓고 일본에 갈 수 있게 된 안도감에 눈앞이 환해졌다. 오카노에게 간절히 비는 심정으로 몇 번이나 머리를 조아리며 부탁했다.

"저도, 아버지도 정말 잘 부탁드려요."

다른 말은 아무 것도 떠오르지 않았다. 오카노가 종이를 한 장 들고 와서 거기에 나의 이름과 주소, 생년월일을 적으라고 했다. 시키는 대로 썼다. 그걸 보고 있던 오카노는 대견하다는 말투로 얘기했다.

"너는 글을 꽤 잘 쓰는구나. 이 정도라면 문제없이 일본에 갈 수 있어. 게다가 일본말도 그럭저럭 대꾸할 정도는 되고. 일본으로 출발하는 날이 열흘쯤 뒤거든. 거기에 낄 수 있도록 해볼 테니 걱정하지 말고 기다리렴."

인사를 하고 오카노 집을 나오니 내가 정말 일본으로 가게 되었다는 실감에 온몸이 짜릿했다. 일본으로 가는 인부 모집 소개로 오카노가 돈을 많이 벌게 되었다고 일본 부인이 말했지만 도대체 어디서 그런 돈이 나오는 건지는 모르겠다. 오카노는 내가 일본에 갈 수 있도록 해준 것만으로도 엎드려 절을 하고 싶을 만큼 고마운 사람이었다.

한여름 뜨거운 날씨가 이어졌다. 사나흘이 지났지만 그 누구에게도 일본에 간다는 말을 꺼낼 수 없었다. 만약 어머니가 이 사실을 안다면 기겁을 해 쓰러질지도 모른다. 숨 막힐 것 같은 일주일이 지난 뒤 솔잎을 짊어지고 읍내 외곽에 들어서는데 근처 골목에서 오카노가 기다리고 있었다. 그는 나를 보자마자 말을 꺼냈다.

"준비는 다 됐니? 이번에는 예정이 좀 앞당겨져서 출발하는 날이 모레다. 아침 열 시에 역전에서 집합이니까 시간 잘 맞춰서 나오도록 해. 알겠지?"

드디어 출발이로구나. 날짜와 시간을 들으니 정말 일본으로 간다는 긴장감으로 찌릿찌릿 전율이 감돌았다. 그동안 남몰래 준비는 하고 있었다. 입을 옷도 생각해 봤는데 조선 사람들도 색깔 옷을 입으라고 해서 일본 사람들과 별로 차이가 없었다. 심하게 허줄그레하지 않은 것으로만 골라 입으면 될 것 같았다. 짐이랄 것도 별로 없지만 숙부가 보내 온 편지의 봉투와 일본 아주머니가 가타카나カタカナ로 써준 주소 그리고 그간 슬쩍 모아 놓은 얼마 안 되는 돈은 잘 싸서 들키지 않을 곳에 단단히 숨겨 놓았다.

그런 것보다 이 일을 가족들에게 어떻게 알려야 좋을지 그것이 가장 큰 고민이었다. 궁리 끝에 좋은 생각이 떠올랐다. 집안에 괜한 평지풍파를 일으키기보다 감옥에 있는 아버지에게 알려 놓으면 될 일이었다. 숙부가 보내온 편지를 차입했을 때처럼 일본에 가게 된 사정을 편지에 써서 경관에게 맡겨 놓으면 아버지 손에 전해질 것이다. 그것도 미리 남몰래 써서 지니고 있다.

마침내 출발하는 날 아침이 되었다. 가족 모두 잠든 사이에 집을 조용히 빠져 나왔다. 읍내 외곽 아버지가 갇혀 있는 형무소에 도착했다. 지난번처럼 문 앞에는 경관들이 보초를 서고 있었다. 연필로 써서 꼭꼭 잘 접은 쪽지를 건네주며 아버지에게 전해 달라고 부탁하자 두말없이 받아 줬다. 그 길로 역전을 향해 달려갔다. 열시가 되려면 시간이 많이 남아있었다. 될 수 있는 한 사람들 눈에 띄지 않는 곳에서 돌아가는 상황을 조심스레 지켜봤다. 약속 시간이 되자 오카노가 맥고모자를 쓴 낯선 사내와 함께 나타났다. 역 안으로 들어온 그는 거기서 기다리고 있던 사람들을 불러 모으기 시작했다. 이번 모집으로 같이 가는 사람들처럼 보였다. 다 합해도 불과 세 명, 나를 포함해서 네 명이었다.

오카노의 설명에 의하면 이 맥고모자를 쓴 중년 남자는 일본에서 온 사람이고 앞으로 나와 다른 사람들을 인솔할 것이라고 했다. 혹시라도 인파에 휩쓸려 그를 놓치지 않도록 주의하라고 모두에게 일렀다.

오카노가 말을 마치자 곧바로 맥고모자 남자를 뒤따라 기차에 올라탔고 잠시 후 기차는 기적을 울리며 출발했다. 고향 마을은 멀어지며 점차 눈앞에서 사라졌다. 정차하는 역마다 일본으로 가는 사람들이 합류했다. 부산에 도착할 때까지 그 수는 스무 명 가까이 이르렀다.

일본으로 건너가는 연락선을 타는 날, 내가 그 인원 안에 포함되어 있는지 어떤지는 알 수 없었다. 그저 어른들 뒤에 바짝 붙어 그들에게서 한시도 눈을 떼지 않았다. 커다란 배가 정박해 있는 부둣가 선창에는 군인들도 있었다. 그들은 하나같이 붉은 글씨의 '헌병' 완장을 차고 있었다. 앞서가는 어른들을 뒤쫓아 군인들 앞을 지나갔다. 다시 어른들을 따라 철 계단을 내려가고 또 내려갔다. 마지막 철 계단을 딛고 내려간 그곳은 어스름하고 희미한 불빛만 맴도는 커다란 방, 바깥을 내다 볼 창문 하나 없는 깊고 깊은 배의 맨 밑바닥이었다.

언 땅에 불을 지피는 솔잎의 불씨

'저 들의 푸르른 솔잎을 보라, 돌보는 사람도 하나 없는데 비바람 불고 눈보라 쳐도 온누리 끝까지 맘껏 푸르다'

중2 때 교생 선생님이 가르쳐 주셨던 '상록수', 40년이 훌쩍 흘렀건만 기억은 선명하다. 번역하는 내내 이 노래가 입가에서 맴돌았다. 나의 마음이 솔잎을 줍는 순덕이의 심정과 다르지 않았으므로.

헤아려보니 이곳에 온 지 벌써 27년이나 되었다. 장애인이 살기에는 서울보다 오사카가 복지 면에서 나을 거라는 말을 의지해 생면부지의 땅, 일본으로 건너왔다. 말을 익히고 사람들을 사귀며 삶터를 꾸려왔다. 그 사이 두어 차례 강산이 변했다. 강줄기가 바뀌고 산은 아파트로 뒤덮였지만 대한민국이 그래도 내 조국이요, 이곳은 여전히 남의 나라다. 한국 국적의 재일동포 4세로 태어나 두 개의 나라에 속해 살아갈 두 아이의 엄마로 지내온 동안 서울보다 오사카 생활에 익숙해진 것은 사실이다. 그러나 집 밖은 여전히 낯설다. 한국 국적을 지키며 살려면 지자체 투표권도 없고 반쪽 목소리조차 인정받지 못한 채 숱한 차별을 감내

해야 한다. 일본에서 눈치껏 살아야 하는 재일동포들의 애매한 현주소는 해방 80년이 지난 지금도 여전하다.

오사카에 와서 소년, 소녀로 조국을 떠나 노인이 된 재일동포 1세대와 그들의 후손을 만날 기회가 많았다. 이국의 차별에 전전긍긍하면서도 그들에게는 내 나라에 대한 그리움과 모국어를 제대로 배워보고 싶다는 목마름이 있었다. 발 디뎌본 적 없는 조국이건만 후손들에게서 막연히 솟구치는 향수를 절절하게 느낄 수 있었다. 그분들은 나의 한국말을 참으로 반가워했다. 내게 비록 잘 못 알아듣더라도 '우리말'로 해 달라고 다감하게 부탁하곤 했다. 그때마다 그분들에게서 동향의 정이 느껴졌다. 오랜 시간 조국에 마음 편히 다가갈 수 없었기 때문이리라. 오늘을 살아내려 부단히 애쓰는 동네 아주머니, 아저씨 같은 그분들의 다정함과 애틋함이 그저 따뜻했다.

이 책은 억압과 차별이 난무하고 가난에 찌든 고향을 떠나 일본에 가면 끼니라도 거르지 않을 수 있다는 말을 믿고 막연히 현해탄을 건널 수밖에 없었던 정승박 작가의 일제 강점기 시절, 그의 자전적 작품이다. 솔직히 나는 정승박 작가와 그의 작품에 대해 전혀 알지 못했었다. 〈솔잎장수〉 번역은 작가와 같은 시대를 살아온 분들의 목소리가 있었기 때문에 가능했다. 그들은 주인

공, 순덕이의 삶이 자신들의 모습과 닮았다고 했다. 이제껏 내색하지 못한 속내를 들어줬으면 하는 마음이 결국 원고를 내 손에 쥐어줬다.

그분들은 지난한 시대를 헤쳐 나가는 사람들의 고된 삶을 피부에 와 닿게 담아낸 이 작품을 소중히 여겼다. 또한 삶에 대한 의지와 넉넉함을 잃지 않았던 작가가 잊히지 않길 바랐다. 정승박 작가가 조국의 글로 묶지 못했던 〈솔잎장수〉는 그분들의 강한 의지와 정성에 힘입어 이렇게 한국어 번역으로 나올 수 있었다.

순덕이는 시대의 소용돌이에 휩쓸려 내팽개쳐진 신세였지만 특유의 해맑음으로 삶을 마주한 15세 소년이다. 역경과 시련에 대해 불평과 분노를 뿜어내도 용인될 나이였지만 의지가 굳건하고 단단함을 지닌 그런 소년이다. 우리의 주인공이 거울이 되어 스스로를 들여다볼 수 있도록 정승박 작가는 소탈하게 들려준다.

번역하는 내내 나라면 어땠을까? 순덕이의 상황에 처했다면 힘없이 무너지고 말았을 텐데 말이다. 순덕이는 고비마다 끝내 버티고 하나씩 넘겨 갔다. 한탄만 하지 않고 남 탓만 하지도 않고 자신을 믿으며 무던히 한걸음씩 내딛었다. 솔잎을 줍고 시장에 내다 팔기 위해 무수한 고갯길을 넘고 또 넘는 순덕이에게 "얼씨구, 용하다. 애썼다." 하며 다독여주는 어른이고 싶었다.

오사카에 처음 왔던 1997년 무렵, 조선시장이라 불리던 골목에는 김치 가게, 한국 음식점, 한복 가게 정도만 있었다. 그랬던 곳이 코리아타운이 되어 대한민국에 간 듯한 착각을 불러일으킬 정도로 변했다. 지금은 어디를 가도 K 팝, K 뷰티, K 드라마, K 디저트…한류 분위기 일색이다. 먹고 살 길을 찾아 간신히 자리 잡은 곳, 정체성을 고민하며 뿌리 내릴 곳 없이 떠돌던 뜨내기들의 초라한 동네가 이제는 아니다.

일본 각지에서 찾아오는 활기 있는 거리가 되기까지 보이지 않는 곳에서 고생하며 터전을 갈고 닦아온 이들이 있었다. 그네들의 쓰라렸던 시간이 묻히지 않길 바란다.

솔잎 판다고 무시당하고 차별받았던 순덕이처럼 살아온 이들의 응어리진 마음은 공감으로 보듬어 줄 수 있다고 믿는다. 아득한 지난날을 '잊었다', '몰랐다'가 아니라 '얼마나 아팠을까, 어떻게 견뎌냈을까' 하며 마음을 보태줬으면 한다. 지금도 삶의 터전을 잃고 헤맬 수밖에 없는 약자들이 우리 주변에 많다. 바라건데 그들의 서러움에 외면하지 않기를 소망하며 〈솔잎장수〉가 그 소망의 작은 불씨로 세상에 번져나가길 기원한다.

남의 나라에 와 사느라 내 나라 글자로 적지 못했던 작품, 작가가 세상을 떠난 지 20여년이 지나고 나서야 비로소 우리글로도 세상에 내보이게 되었다. 부족하기 그지없는 깜냥이지만 마음을 다해 한글로 옮겼다.

  한 권의 책이 나오기까지 작품의 참뜻을 이해해주고 다리를 이어준 김영환 민족문제연구소 대외협력실장님, 녹록치 않은 상황임에도 선뜻 마당을 만들어주신 논형출판사 소재두 대표님, 고인이 되신 정승박 작가와 작품이 조국의 독자들과 만날 수 있도록 한국어 출판에 힘을 쏟아주신 시마즈 다케오島津威雄선생님, 번역을 권해주신 고정자 선생님께 진심으로 감사드린다.

                                  2024년 오사카에서 새봄을 맞는 3월에

                                                    변미양

정승박鄭承博 연보

1923년

경상북도 안동군 와룡면 주하동慶尙北道 安東郡 臥龍面 周下洞 농가에서 부친 정윤흠鄭潤欽·모친 안동권安東權 씨의 장남으로 태어남. 2, 3년간 동네 아이들과 함께 서당에서 천자문을 익히며 한자와 서예를 배우고, 한글도 이 때 익힘.

1933년 (9세)

8월 와카야마현 다나베시和歌山県田辺市애서 토목공사의 함바飯場, 노무자 합숙소를 하고 있던 숙부 정명흠鄭明欽을 찾아 일본으로 도항. 숙부의 공사현장에서 취사원으로서 돈다강富田川 상류의 아유카와 시모쓰이鮎川村 下津井 골짜기에 있는 함바에서 일함.

1934년 (10세)

일본에서 공부하고 싶다는 희망을 이루지 못한 서러움과 함바에서의 고독감에 시달림. 아유카와 진조소학교鮎川尋常小学校 3학년으로 편입, 염원하던 학교 생활을 시작함.

1937년 (13세)

당시 다나베田辺에 자주 다니던 스헤샤운동水平社運動의 지도자 구리스 시치로栗須七郎와 만남. 주지 스님으로부터 소개를 받은 구리스 시치로는 '이대로 있으면 자네는 인간으로 크게 성장할 수 없으니 공부를 해서 큰 인간이 되고 싶으면 나를 찾아오라'고 하며, 정승박 소년에게 명함을 건네줌. 이 우연한 만남이 그의 인생을 결정짓는 커다란 계기가 됨. 모내기를 마칠 무렵인 어느날 밤, 미야모토宮本의 집을 빠져나와 오사카大阪의 구리스栗須의 집으로 찾아감.

여름 무렵부터 약 5년간 구리스 시치로 집에서 공부를 하며 지내게 됨.

1938년 (14세)

4월, 오사카시립 사카에쵸 제2진조 소학교大阪市立栄町第2尋常小学校 4학년으로 편입.

栗須一家と書生たち、前列左から元枝夫人、栗須七郎、
長女文子、後列右端鄭承博（高等小学校2年2学期）。
1940（昭和15）年9月、16歳。

228

1941년 (17세)

4월 오사카시립 아시하라진조 고등소학교大阪市立芦原尋常高等小学校 입학.

1942년 (18세)

오사카시립 아시하라 진조 고등소학교 중퇴, 도쿄東京의 일본고등무선학교日本高等無線学校 입학

도쿄도 이타바시구東京都板橋区에 거주, 도시마구 이케부쿠로 4쵸메豊島区池袋 4丁目의 여성장식품 공장에서 일하며 일본고등무선학교에 다님.

1943년 (19세)

일본고등무선학교 중퇴, 조선인에 대한 무료 기술습득 금지로 인해 학교를 그만두게 되었다고 전해짐.

일본고등무선학교 중퇴후, 오사카로 돌아와 이쿠노구生野区_의 군수공장 요네자와금속米沢金属의 징용공으로 입사하지만, 식료품 조달계로 발령되어, 물건 조달을 위해 암거래 일을 맡게 됨. 일제 단속으로 검거된 후 회사에서 책임을 전가해 투옥됨. 그후 일본의 패전 때까지 니가다현 도카이치新潟県十日市, 아이치현 나고야시愛知県名古屋市, 나가노현 이다시長野県飯田市, 후쿠이현 마루오카시福井県丸岡市·에헤지구치永平寺口, 오사카시, 와카야마현, 아와지시마淡路島 등지에서 토목공사 취사나 건축 토목 겸 목수, 철공소의 선반공으로 일하지만, 2~3개월만에 주거를 옮기며 전전함.
이 해에 어머니가 돌아가심. 그 사실은 전쟁이 끝난 후 알게됨.

1944년 (20세)
오사카에서 우연히 만난 아와지시마현에 살고 있는 고순희를 따라, 다이쇼바시大正橋부터 통통배로 아와지시마 스모토시洲本市로 건너옴, 전후 아와지시마에서 살게 된 큰 계기가 됨. 나카노 시게카즈中野繁一의 딸 나카노 고시즈中野小靜를 알게 됨.

1945년 (21세)
3월 13일, 오사카대공습. 그 처참한 현장을 수일간 눈앞에서 직접 보며 견딤.
아와지시마에서 물건을 사들여 오사카시 쓰루하시鶴橋 등으로 식료품을 팔러 다니는 보따리장사 생활을 함. 오사카·아와지·와카야마를 다니며 행상.

230

1946년 (22세)

나카노의 집에서 부모의 반대를 무릅쓰고 나카노 고시즈를 자전거를 태워 이와야岩屋까지 도망나와 오사카를 떠남. 처 고시즈가 임신하자 출산 준비 때문에 아와지시마로 돌아옴.

12월(23세), 장남 출생, 정의원鄭義元으로 이름을 지었으나 태어난지 3일 만에 사망, 묘비에는 12월 25일 사망으로 되어 있음.

1948년 (24세)

8월 1일, 장녀 미에코三枝子 출생

1949년 (25세)

11월 24일(26세), 차녀 가요코加與子 출생.

1958년 (34세)

스모토시洲本市에서 〈바 나이트 バー・ナイト〉 개점

1959년 (35세)

생활이 안정되기 시작함. 한동안 스모토시의 '밤의 제왕'이라고 불릴 정도로 밤을 즐기며 나가우타長唄:일본 전통적인 근대 음악 · 일본화日本畵 등을 배우기 시작함.

1961년 (37세)

7월, 아와지잣파이淡路雜俳:일본의 근대 정형시를 〈아와지가고회淡路雅交会〉에 투고하기 시작함. 필명은 〈니시하라 히로시西原ひろし〉.
센류川柳 동인회 · 오사카반가사大阪番傘 본사의 회원이 됨.
12월 아와지반가사 센류회 설립 동인으로 참가. 설립 동인에는 후지모토 다케시藤本たけし · 무라노村野英雄 · 이와부치巖淵紹安 · 사쿠라기桜木陵村 · 기무라木村抜天 · 우바타니姥谷鉄也 · 오타太田源蔵 등 21명.

1963년 (39세)

4월 해방 후 처음으로 혼자서 귀국.
6월 오사카반가사 본사의 동인이 되어,《반가사番傘》8월호부터 동인들이 발표한 최근의 시를 읽기 시작함. 재일동포로서는 첫번째 동인. 그 때 아와지시마로부터 무라노村野英雄 · 이와부치巖淵紹安가 동인으로 참가.

1965년 (41세)

《센류아와지川柳阿波路》창간·편집 발행인이 됨.
이 무렵부터 타지역에서도 센류를 배우러 많은 사람들이 찾아왔고, 센류 모임을 개최하며 친목을 도모하는 자리를 마련해 대접함. 오사카 본사의 기시모토岸本水府·아오키青木三碧·긴센金泉万泉·이쿠시마生島鳥語·오미近江砂나 사카이데시坂出市의 후쿠야福家珍男子 등이 매달 찾아와 아와지시마 반가사 센류회와 교류를 나눔.
미발표 소설 습작 원고〈영장없는 소집令状なき召集〉〈오차誤差〉〈가죽 주머니皮袋〉 등을 집필함.

1966년 (42세)

처녀 소설〈돈다가와富田川〉를《센류아와지시마川柳阿波路》제8호부터 연재하기 시작함. 제38호(1968년 7월 발행)까지 31회 연재함.

1970년 (46세)

이치노세 아야一ノ瀬綾의 권유로 일본농민문학회 회원이 됨.
〈수평선水平線〉을《센류아와지》제64호부터 연재하기 시작함.
〈서당書堂〉을《센류아와지시마》제65호부터 연재하기 시작함. 이 때 처음으로 작가명으로 정승박을 사용함.

1971년 (47세)

〈쫓기는 날들追われる日々〉을 《농민문학農民文学》 6월호에 발표.

〈벌거숭이 포로裸の捕虜〉를 《농민문학》 11월호에 발표

12월, 문예평론가 구보타 마사후미久保田正文가 《마이니치신문毎日新聞》 12월 26일호 동인잡지 채점란에 〈벌거숭이 포로〉의 비평을 실음. 〈벌거숭이 포로〉에 대한 가장 초기의 평론.

이 무렵 《농민문학》의 후지타藤田晋助 편집장이 가끔 찾아옴.

1972년 (48세)

〈벌거숭이 포로〉를 《분가쿠카이文学界》 2월호에 동인잡지 추천작으로 게재.

〈벌거숭이 포로〉의 비평을 사에키佐伯彰一가 《마이니치신문》 2월 2일호 〈문예시평文芸時評〉란에 씀.

《분가쿠카이》 3월호 마루타니丸谷才一・가이코開高健의 〈대담시평対談時評〉에서 〈벌거숭이 포로〉를 다룸.

제15회 농민문학상 수상(3월 25일).

〈벌거숭이 포로〉를 《농민문학》 4월호에 재연재

〈지점地点〉을 《분가쿠카이》 8월호에 발표

〈벌거숭이 포로〉제67회 아쿠타가와상 후보작으로 선정됨. 제66회 수상자가 이회성李恢成이었기 때문에 재일동포 작가에 대해 주목이 쏠림. 후보작은 미야하라 아키오宮原昭夫〈누군가가 만졌다誰かが触った〉, 도미오카 다에코富岡多恵子〈궁리하는 생물仕かけのある生物〉, 모리우치 도시오森内俊雄〈봄의 왕복春の往復〉, 시미즈 유코島津佑子〈여우를 품다狐を孕む〉, 하타야마 히로시畑山博〈언젠가 기적을 울려 주게いつか汽笛を鳴らして〉 등이 있고, 미야하라 아키오·하타야마 히로시가 수상했다.

〈전등이 켜져 있다電灯が点いている〉를 《분가쿠카이》1월호에 발표. 이 작품에 대해 가와무라 지로川村二郎가 《요미우리신문読売新聞》 12월 26일호〈문예시평文芸時評〉란에 비평을 실음.

1973년 (49세)

《벌거숭이 포로》를 분게슌슈文芸春秋사에서 간행.

월간 《고베코神戸っ子》의 제2회 불루메일상ブルーメール賞 수상(문학부문).

이 무렵 〈서당書堂〉을 다시 씀.

4월 〈단だん〉의 회 설립회원이 됨. 후지타藤田晋助를 중심으로 한 구일본농민문학회旧日本農民文学会의 멤버들이 주력해서 만든 동인지. 모리森幹太·이치노세一ノ瀬綾·오시마大島養平·고야나기小柳健·오시마大島善吉·이지마飯島安·야마나카山中康二 등이 참가.

스모토시 우하라洲本市宇原에 문학비 〈손의 흉터는 노동자 시절의 삶의 계보手の疵は土方のときの人生譜〉를 세움.

〈펌프공ポンプ屋〉을 《풍경風景》6월호에 발표

위궤양으로 아카이시明石市 이시이외과石井外科에 입원 수술, 위의 3분의 2를 잘라냄, 약 40일간 입원.

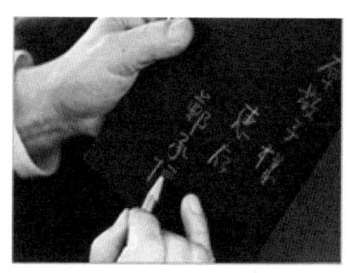

1974년 (50세)

1월 분게아와지文芸淡路 동인회의 설립 동인이 됨. 설립 동인에는 오야마大山泰生·기타하라北原文雄·하마구치濱口隆義·기타하라北原洋一郎 등 13명.

1976년 (52세)

아와지문학협회淡路文化協会 설립 회원이 됨.

〈쓰레기장ゴミ捨て場〉을 《삼천리三千里》 제6호에 다시 게재.

1977년 (53세)

〈균열의 흔적亀裂のあと〉을 《삼천리》 제10호에 발표.

〈벌거숭이 포로〉가 《흙과 고향의 문학전집土とふるさとの文学全集》 제15권에 수록됨.

1979년 (55세)

〈통나무다리丸木橋〉를 《삼천리》 제18호에 발표,

1980년 (56세)

아와지조선문학연구회淡路朝鮮文化研究会의 설립 회원이 됨. 처음에는 이시하라石原進 · 다케다武田信一 · 마쓰모토松本雅明 · 고지마五島清弘 등 5명이 참가하는 한국 · 조선어 학습회로 출발. 〈조선통신사朝鮮通信使〉의 영화 모임을 계기로 연구회가 되고 학습회에서는 일본에 있는 조선문화유적을 찾아 견학 여행을 하는 등의 활동을 함.

1982년 (58세)

〈돼지우리지기豚舎の番人〉를 《분게아와지文芸淡路》 제3호에 발표.
〈낭떠러지断崖〉를 《분게아와지》 제5호에 발표.

1983년 (59세)

〈솔잎장수松葉売り〉를 《분게아와지》 제8호부터 연재하기 시작함.

1984년 (60세)

수필 〈내가 만난 사람들私の出会った人々〉을 고베신문神戸新聞 〈미세스아와지ミセスあわじ〉에 매월 1회씩 연재 개시.
스모토시에서 글짓기교실을 열고 강사를 맡음.

1987년 (63세)

해방후 2번째 귀국, "관목회灌木の会"의 동인 기타오카北岡都留가 동행.

1988년 (64세)

해방후 3번째 귀국, 아와지조선문화연구회의 이와부치巖淵紹安와 고베신문 神戶新聞의 시미즈清水兼男 기자가 동행.

1991년 (67세)

효고현교직원조합 문학상 수상兵庫県教職員組合芸術文化賞

1992년 (68세)

1993년 (69세)

《정승박저작집鄭承博著作集》 전6권, 신간샤新幹社에서 발행 개시.

2001년 1월 18일 사망 (77세)

자료 : 〈정승박 연보鄭承博 略年譜〉(정승박 저작집鄭承博著作集 제5집 《빼앗긴 말奪われた言葉》)